AF199083

Jan Beinßen, Jahrgang 1965, lebt in Franken und hat zahlreiche Kriminalromane veröffentlicht. Bei ars vivendi erschienen neben seinen Paul-Flemming-Krimis u. a. auch der historische Kriminalroman *Görings Plan* (2014) sowie die Kurzkrimibände *Die toten Augen von Nürnberg* (2014) und *Tod auf Fränkisch* (2017).

Jan Beinßen

Paul Flemming und die Bombe in der Weihnachtsgans

Frankenkrimi

ars vivendi

Originalausgabe
2. Auflage Oktober 2020
1. Auflage November 2019
© 2019 by ars vivendi verlag
GmbH & Co. KG, Bauhof 1,
90556 Cadolzburg
Alle Rechte vorbehalten
www.arsvivendi.com

Umschlaggestaltung: FYFF, Nürnberg
Motivauswahl: ars vivendi
Umschlagfoto: © Amelie Ohlrogge / Unsplash
Druck: CPI books GmbH, Leck
Gedruckt auf holzfreiem Werkdruckpapier
der Papierfabrik Arctic Paper

Printed in Germany

ISBN 978-3-7472-0098-8

Paul Flemming und die Bombe in
der Weihnachtsgans

1

»Sie können mir nichts vormachen. In der Spritze ist ein Sedativum. Sie wollen mich ruhigstellen.«

»Niemand will Sie ruhigstellen, Herr Sanders. Wir möchten nur, dass es Ihnen bald wieder gut geht.«

»Ich glaube Ihnen kein Wort. Ihnen geht es einzig und allein darum, mich mundtot zu machen, indem Sie mich sedieren.«

»Unser ärztlich-therapeutischer Ansatz zielt in eine andere Richtung. Wir haben Ihnen unsere Methoden während des Aufnahmegesprächs ausführlich dargelegt.«

»Sparen Sie sich Ihre Ausflüchte. Ich weiß, was hier gespielt wird. Aber das lasse ich mir nicht bieten. Ich sage es noch einmal: Nehmen Sie die Spritze weg!«

»Die Behandlung ist zu Ihrem Besten. Wenn Sie dagegen ankämpfen, schaden Sie am Ende nur sich selbst.«

»Das werden wir ja sehen. Ich weigere mich, auch nur eine Sekunde länger hierzubleiben. Machen Sie den Weg frei und lassen Sie mich gehen!«

»Herr Sanders, Sie wissen, dass das nicht möglich ist.«

»Ich bin ein freier Mann und kann tun und lassen, was ich will.«

»Zurzeit verhält es sich etwas anders. Das ist Ihnen bekannt.«

»Ja, das ist es! Mir ist bekannt, dass Sie mich in dieser Irrenanstalt gefangen halten! Und ich kenne auch den Grund, warum Sie das tun: Sie halten die Hand dafür auf und lassen sich fürstlich bezahlen.«

»In der geschlossenen Psychiatrie gelten gewisse Regeln. Sie sind auf eine richterliche Verfügung hin zu uns gekommen, Herr Sanders. Alles hat seine Richtigkeit. – Bitte machen Sie jetzt Ihren Arm frei. Dann wird es Ihnen gleich besser gehen.«

»Nein! Freiwillig ganz bestimmt nicht! Ich werde für meine Sache kämpfen, notfalls bis zum Tod!«

»Bitte nehmen Sie Vernunft an, Herr Sanders. Der Pfleger wird Sie jetzt halten. Danach werden Sie einen kleinen Einstich spüren. In wenigen Minuten ist alles vorüber.«

»Nein! Nein! Ich will das nicht! Weg mit der Spritze! Weg mit der Spritze! Weg mit der Spri...«

2

Je höher der Anteil an Haselnüssen, Walnüssen und Mandeln und je geringer der Einsatz von Mehl, desto hochwertiger ist am Ende das Gebäck. Gewöhnliche Oblatenlebkuchen kommen auf etwa sieben Prozent Nussanteil, feine Oblatenlebkuchen auf mehr als zwölf Prozent, und Elisenlebkuchen bringen es mit fünfundzwanzig Prozent oder mehr auf die höchste Qualitätsstufe.

Das wusste Paul Flemming als waschechter Nürnberger natürlich längst. Und trotzdem stellten ihn der unterschiedliche Geschmack und die variierende Konsistenz seiner bevorzugten Adventsnascherei immer wieder vor ein Rätsel – und vor die Frage, welche Sorte denn seine liebste sei.

Um das herauszufinden, hatten sich seine Frau Katinka, seine Stieftochter Hannah und er mit glasierten, schokolierten oder naturbelassenen Proben der namhaften

Nürnberger Lebküchnereien eingedeckt, dazu einen Topf Glühwein aufgesetzt und es sich in ihrer Wohnung an der Kleinweidenmühle gemütlich gemacht. Während draußen dicke Flocken vom Himmel rieselten, herrschten in der Wohnung wohlig warme Temperaturen. In der Mitte des Tisches stand der Adventskranz. Zwei Kerzen brannten schon.

»Sieht super aus«, fand Hannah und drehte ein kreisrundes, daumendickes Prachtexemplar in ihren Händen. »Fühlt sich ein bisschen feucht an, aber lässt sich gut brechen.« Sie biss hinein. »Für meinen Geschmack etwas zu süß und ziemlich kompakt. Da fehlt mir das Fluffige.«

Als Nächstes war Katinka an der Reihe. »Lecker!«, urteilte sie nach ausgiebiger Kostprobe. »Schön viel Orangeat drin, das mag ich. Ich schmecke auch Feige, Aprikose und Honig heraus. Der könnte mein Darling werden.«

Paul entschied sich für einen Lebkuchen mit hübscher Mandeldekoration. »Hat ein ganz schönes Gewicht«, stellte er fest. »Hhm, da steckt viel drin! Und riecht sensationell nach Weihnachten.« Der Geschmackstest ergab: leicht klebrig mit feiner Marzipannote. »Da merkt man gleich, dass das keine Industrieware ist.«

Schon war Hannah wieder dran. Sie lobte den dunklen Ton des Lebkuchens und den karamelligen Geruch. »Für mich bisher der klare Favorit!«, verkündete sie.

Bis zur Kür würden sie sich noch durch etliche weitere kalorienreiche Kandidaten probieren. Paul sah es daher an der Zeit, die erste Runde Glühwein zwischenzuschieben.

Er hatte sich gerade von seinem Platz erhoben, um in die Küchenzeile zu wechseln, wo es aus dem Topf schon betörend nach Alkohol und Gewürzen duftete, da meldete sich sein Handy.

Wer rief am Abend eines Adventswochenendes an? Seine Eltern? Auf dem Display wurde eine ihm unbekannte Nummer angezeigt. Er nahm ab.

»Paul? Spreche ich mit Paul Flemming?«

Eine Frauenstimme. Paul erkannte sie nicht.

»Ja. Wer ist denn da?«, erkundigte er sich.

»Hier ist Stella.«

»Stella? Ähm …«

»Erinnerst du dich nicht?«

»Also, ganz ehrlich …«

»Dürer-Gymnasium, wir haben zusammen Abi gemacht.«

»Ach ja, natürlich. Stella.« Jetzt konnte er die schlanke Große mit den langen schwarzen Haaren wieder bildlich vor sich sehen. Zu Schulzeiten war sie bei den Jungs umschwärmt gewesen. Doch er hatte sie aus den Augen verloren.

»Beim letzten Ehemaligentreffen im *Goldenen Ritter* haben wir uns kurz unterhalten.«

»Haben wir?« Paul fehlte die dazugehörige Erinnerung.

»Ja. Du hast mir sogar deine Karte gegeben.«

»Ja, klar, jetzt fällt es mir wieder ein«, behauptete Paul, obwohl es nicht stimmte. Das mit der Karte musste wohl gegen Ende der feuchtfröhlichen Feier gewesen sein. »Wie geht's dir denn so?«

»Nicht sonderlich gut. Das ist auch der Grund dafür, dass ich dich anrufe.«

Paul sah sich nach seinen beiden Frauen um, die immer noch am Tisch saßen und darauf warteten, dass er ihnen einschenkte. »Im Moment ist es schlecht, Stella. Aber vielleicht können wir uns ja demnächst mal in Ruhe unterhalten«, schlug er vor. »Worum geht es denn?«

Am anderen Ende der Leitung erklang ein trauriges Seufzen. »Ich mache mir große Sorgen um meinen Vater Oskar.« Sie räusperte sich. »Oskar Sanders. Vielleicht hast du schon von ihm gehört.«

Paul überlegte. »Nein, ich glaube nicht.«

»Er ist Wissenschaftler, trägt den Doktortitel in Physik und hatte auch einen Lehrauftrag an der Uni in Erlangen. Inzwischen ist er natürlich längst im Rentenalter, an seinen Forschungen arbeitet er jedoch weiter.«

»Schön, wenn man sich im Alter geistig agil hält«, lobte Paul und warf Katinka gleichzeitig einen entschuldigenden Blick zu.

»Finde ich auch. Ganz im Gegensatz zu meiner Stiefmutter, die das gar nicht gern sieht, wenn Vater Tag und Nacht in seinem Labor verbringt.«

»Tja ...«, war alles, was Paul dazu einfiel. Inzwischen war Hannah aufgestanden und übernahm die Verteilung des Glühweins. »Wo genau liegt denn nun dein Problem?«, fragte er.

»Mein Vater musste seine Forschungen einstellen«, antwortete Stella niedergeschlagen.

»Warum denn das? Aus gesundheitlichen Gründen?«, vermutete Paul. Vielleicht sah der alte Herr nicht mehr gut genug, um seine Instrumente zu bedienen. Oder litt unter dem Tatterich.

»Eigentlich ist er kerngesund.«

»Eigentlich?«

Stella war anzuhören, wie sie mit den Tränen kämpfte. »Auf Betreiben meiner Stiefmutter ist er in eine Klinik eingeliefert worden.«

»Oh«, sagte Paul. »Das tut mir leid. Ist er wohl doch nicht so gut bei Gesundheit? Etwas Ernstes?«

»In der Felsenwaldklinik bei Pottenstein werden psychisch Kranke behandelt. Mein Vater sitzt dort in der geschlossenen Abteilung.«

»Oh«, sagte Paul noch einmal und fragte sich, weshalb Stella ihm das alles erzählte. In einem besonders engen Verhältnis standen sie ja nicht gerade.

»Für Vater ist das ganz, ganz schlimm«, sagte Stella und fing an zu schluchzen. »Gerade jetzt, so kurz vor Weihnachten, fühlt er sich verstoßen und alleingelassen. Aber ich kann nichts tun, um ihm zu helfen. Meine Stiefmutter hat durchgesetzt, dass man ihn entmündigt. Jetzt ist er ihrer Willkür schutzlos ausgeliefert.«

»Man kann doch einen gesunden und geistig fitten Menschen nicht einfach entmündigen lassen«, entgegnete Paul. »Dafür braucht es einen ärztlichen Befund, und ein Richter hat auch noch mitzureden, soviel ich weiß. Was fehlt deinem Vater denn?«

»Nichts!«, kam es wie aus der Pistole geschossen. »Das ist es ja, weshalb ich mich so aufrege. Seine angebliche psychische Störung, wegen der er eingeliefert worden ist, existiert nicht. Mein Vater ist psychisch so stabil wie du und ich.«

Paul beobachtete, wie Katinka und Hannah ihre Becher leerten und sich nachgossen. Für ihn würde nicht viel übrig bleiben, befürchtete er. »Irgendeinen Anlass für diesen Schritt muss es aber gegeben haben.«

»Der Anlass ist konstruiert. Ein abgekartetes Spiel. Meine Stiefmutter steckt mit denjenigen unter einer Decke, die Vater aus dem Verkehr ziehen wollen.«

»Also, äh ...«

»Ich weiß, das klingt verrückt. Aber durch seine Forschungen ist er sehr einflussreichen Leuten auf die Füße getreten. Seine Arbeit ist in vielen Bereichen revolutionär ...«

Der Rest des Glühweins wurde zwischen den beiden Frauen aufgeteilt. Auch die Lebkuchenvorräte gingen zur Neige.

»Das klingt alles sehr dramatisch, Stella. Doch ich weiß leider nicht, wie ich da helfen könnte«, sagte Paul in dem Bemühen, dieses Gespräch zu einem baldigen Ende zu führen. Denn welche Gründe auch immer für die Einweisung von Stellas Vater vorlagen: Paul war kein Experte auf diesem Gebiet. Ob das alles berechtigt war oder nicht, konnte er nicht beurteilen.

»Du *kannst* helfen.« Stella klang jetzt sehr eindringlich. »Bei unserem Klassentreffen hast du mir von den Kriminalfällen erzählt, bei denen du mitgemischt hast. Du sagtest auch, dass ich mich an dich wenden kann, sollte ich mal in Schwierigkeiten stecken.«

»Habe ich das?«, fragte Paul und ahnte, dass er aus dieser Nummer nicht so schnell herauskommen würde.

»Können wir uns sehen? Dann erzähle ich dir alles. Wenn du die Hintergründe kennst, wirst du verstehen, weshalb ich so besorgt bin.«

Paul rang mit sich. »Also gut«, sagte er. »Wann schlägst du vor?«

»Noch heute Abend!«

3

Paul machte sich zu Fuß auf den Weg, denn sein Auto war eingeschneit, und er hatte keine Lust, die Scheiben freizukratzen. Außerdem würde er so wahrscheinlich fast ebenso rasch in der Altstadt sein wie mit dem Wagen.

Spontan machte er einen Schlenker durch die Fußgängerzone, die von Lichterketten erhellt wurde. Immer wieder blieb er kurz stehen, wenn er sich von den Auslagen der ansprechend dekorierten Schaufenster angesprochen fühlte. Das tat er nicht ohne Grund, denn obwohl es nicht mehr lange hin war bis zum Fest, hatte er noch immer kein Geschenk für Katinka. Während sie ganz sicher längst das Passende für ihn gefunden hatte, war ihm bislang nicht einmal der Funke einer Idee gekommen.

Worüber würde sie sich freuen, fragte er sich, während er durch die nahezu menschenleere Karolinenstraße bummelte. Mal wieder ein interessantes Buch, dachte er mit Blick auf das wunderschön dekorierte Fenster einer Buchhandlung, in dem Dutzende goldene und silberne Sternchen glitzerten. Aber nein, sie las ja fast nur noch auf ihrem Reader. Wie wäre es dann mit einer neuen Yogamatte, erwog er beim Betrachten der Auslage eines Sportgeschäftes. Er könnte sie hübsch einpacken lassen und vielleicht noch ein Duschgel hinzufügen. Ach nein, er würde mit der Auswahl sicher nicht ihren Ansprüchen genügen. Denn in Sachen Sportausstattung war Katinka ziemlich eigen.

Sein Weg führte ihn an den großen Scheiben der Modehäuser vorbei, die nicht nur mit dem neuesten Winterchic glänzten, sondern auch zahlreiche Accessoires im Angebot hatten. Paul kam in den Sinn, sich für eine Kombination aus einem Seidenschal, einem Paar schlanker Lederhandschuhe und einem Haarband zu entscheiden. Doch war das nicht wie Kraut und Rüben? Nichts Halbes und nichts Ganzes?

Als Nächstes blieb er vor einer Parfümerie stehen. Die Notlösung für den ideenlosen Mann. Wie er annahm, machten Parfümgeschäfte den meisten Umsatz am 24. Dezember, wenn sie von panischen Ehegatten überrannt wurden, die auf die letzte Minute ein Geschenk erstehen wollten. Nein, dachte er, so weit würde es nicht kommen. Noch blieben ihm ja einige Tage Zeit. Da würde ihm sicherlich noch etwas Geeignetes einfallen.

Mit Blick auf die Uhr kürzte er den Rest des Weges ab und überquerte die Pegnitz, an deren Ufern sich Eiskrusten gebildet hatten.

Ihr Treffpunkt lag am Rande des Christkindlesmarktes, dessen Buden um diese Zeit schon geschlossen waren. Lediglich ein Verkäufer gegenüber der Frauenkirche hatte seinen Stand noch nicht verrammelt, sodass Paul doch zu seinem Glühwein kam.

Mit dem warmen Becher in der behandschuhten Rechten stellte er sich an den Bistrotisch, an dem Stella bereits auf ihn wartete. Rank und schlank, wie er sie im Gedächtnis hatte, trug sie einen elegant fallenden, wadenlangen Wintermantel, dessen Kragen mit einem flauschigen Kunstpelz versehen war. Ihre Wangen waren gerötet, ebenso die zierliche Nase.

»Fein, dass du es einrichten konntest«, sagte sie und blickte ihn dankbar an.

»Schon recht«, meinte Paul und nippte am Wein, der für eine wohltuende innere Wärme sorgte. »Versprich dir aber bitte nicht zu viel davon, denn ich bin sicher nicht der richtige Ansprechpartner in so einer Sache. Was du brauchst, ist ein Rechtsanwalt, der die Einweisung deines Vaters überprüfen lassen und gegebenenfalls anfechten könnte.«

»Ein Anwalt bringt da gar nichts«, beteuerte Stella. »Die Leute, die dahinterstecken, sind mit allen Wassern gewaschen. Juristisch ist das hieb- und stichfest.«

Paul hob seine Schultern. »Dann bin ich erst recht der Falsche.« Doch da Stella einen so bemitleidenswerten Eindruck machte, erkundigte er sich: »Was war denn das für eine Sache, mit der sich dein Vater zuletzt beschäftigte? Und glaubst du wirklich, dass diese Erfindung die Einweisung in die Psychiatrie ausgelöst hat?«

Stella nickte heftig. »Ja, davon bin ich fest überzeugt! Oskar hatte es schon länger im Gespür, dass man versuchen würde, ihn an der Fortsetzung seiner Arbeit zu hindern. Deswegen hat er seine Forschungsergebnisse gehütet wie einen Schatz. Den Kreis der Eingeweihten hielt er bewusst sehr klein. Nur engste Freunde, ich und leider auch meine Stiefmutter wussten Bescheid.«

»Darfst du mir verraten, in welcher Richtung dein Vater geforscht hat?«

Sie schluckte ihre Tränen hinunter, bevor sie antwortete. »Es geht um Elektromobilität, also um ein ganz großes Thema. Vater ist zum Pionier in der Entwicklung neuartiger Akkus geworden. Durch einen gänzlich anderen Ansatz ist es ihm gelungen, ein wesentlich effizienteres und besonders langlebiges System zu entwickeln, das bei der Herstellung noch dazu weitaus umweltschonender ist als die üblichen Modelle und obendrein günstig zu produzieren. Er hat seine Forschungen fast bis zur Marktreife betrieben. Allerdings hat er nicht ausreichend berücksichtigt, dass die Großindustrie ihre eigenen Produkte verkaufen möchte und in Vaters Entwicklung eine unliebsame Konkurrenz sieht. Ganz zu schweigen von den Ölmultis, denen Vaters Akku das Geschäft vermasseln würde.« Sie sah betrübt zu Boden. »Also hat man ihn in einer Klinik verschwinden lassen und seine Forschungsunterlagen vernichtet.«

»Die Unterlagen sind weg?«, fragte Paul.

»Leider ja. Ich habe es geschafft, an meiner Stiefmutter vorbei in sein Labor zu kommen, und habe nichts gefunden, was mit diesem Projekt in Zusammenhang stehen könnte.«

Paul hob die Hand und rieb sich das Kinn. »Um offen zu sein, hört sich das alles sehr nach Verschwörungstheorie an.«

Stellas Augen blitzten. »Ach ja? Fakt ist, dass mein Vater im Irrenhaus festsitzt und seine Unterlagen verschwunden sind. Ist das nicht Beweis genug?«

»Ich fürchte nein«, sagte Paul ganz offen.

Stella rang sichtlich um Fassung. »Dann überzeugt dich vielleicht die Tatsache, dass der behandelnde Arzt, Dr. Herzog, meinen Vater nicht nur eingewiesen hat – er ist auch selbst Leiter dieser Klinik.«

Paul deutete ein verständnisvolles Nicken an. »Trotzdem: Ohne irgendwelche konkreten Beweise können wir nichts unternehmen.«

»Dann besorgen wir uns die Beweise!«, forderte Stella ihn auf. »Komm mit mir in die Felsenwaldklinik. Als seine Tochter habe ich ein Recht darauf, Oskar zu besuchen, und dich gebe ich als meinen Lebensgefährten aus.«

»Warst du schon dort, um deinen Vater zu besuchen?«

»Bislang noch nicht. Aber wie gesagt: Man wird es mir als Tochter nicht verweigern können. Begleitest du mich?«

»Also, ich ...«

»Ich bin überzeugt, dass du mir alles glauben wirst, wenn du erst einmal mit Vater gesprochen hast.«

Paul klammerte sich an seinen Glühweinbecher. »Ob das wirklich eine gute Idee ist ...«

»Bitte!«, appellierte Stella an ihn. »Mach es mir zuliebe.«

»Na schön«, gab sich Paul geschlagen und bereute seine Zusage schon in dem Moment, in dem er sie ausgesprochen hatte.

4

Während die Straße immer höher führte, wuchsen die zur Seite geräumten Schneemassen stetig an. Die Fränkische Schweiz lag unter einer dicken weißen Decke, die das Licht der Sonne glitzernd reflektierte. Ein Wintermärchen, dachte Paul, schob seine Sonnenbrille zurecht und lenkte seinen Renault Kangoo vorsichtig um die nächste Kurve.

Stella, die neben ihm auf dem Beifahrersitz saß, trug wieder ihren Wintermantel, und das war gut so, denn die Heizung von Pauls betagtem Auto schaffte es kaum, den Innenraum auf akzeptable Temperaturen zu erwärmen.

Um diese Jahreszeit entwickelte die Landschaft hier einen ganz besonderen Reiz. Paul, der die Fränkische Schweiz als Sommerziel schätzte, dort liebend gern wanderte, Hannah in einen Kletterpark begleitete oder sich an besonders heißen Tagen im Pottensteiner Felsenbad abkühlte, sah die gebirgige Umgebung nun mit ganz anderen Augen. Im Vorbeifahren betrachtete er die tief hängenden Äste der Bäume, die unter der Schneelast ächzten, erkannte schroff aufragende Felsnadeln, die aus der weißen Masse herausstachen, und erfreute sich an sanft geschwungenen Schneewehen, auf denen Eiskristalle im Sonnenlicht funkelten.

Je höher sie kamen, desto schärfer wurde die Luft, die Sicht war weit und klar. Paul fuhr den Wegweisern nach, die kurz hinter Pottenstein zur Felsenwaldklinik deuteten, und bald sah er sie auch schon: Sie lag etwa zwei Kilometer von der Hauptstraße entfernt am Ende eines steilen schmalen Weges, der nur notdürftig geräumt war und auf dem die Reifen von Pauls Wagen immer wieder durchdrehten.

Ein großes, stattliches Gebäude aus Holz und Stein, um einen merkwürdigen Mittelturm herum errichtet, wie eingepackt in den Schnee auf seiner einsamen Höhe, mit phantasievollen Giebeln zu beiden Seiten und umgeben von einer Mauer mit aufgepflanzten, gusseisernen Spitzen. »Privatbesitz! Zutritt verboten!« stand auf einem Schild.

Paul stellte den Renault am Straßenrand ab und öffnete die Fahrertür. Es war so kalt, dass es einem die Tränen in die Augen trieb und das Gesicht zusammenzog. Stella gesellte sich zu ihm und straffte ihren Schal.

»Was meinst du?«, fragte sie mit Blick auf die mannshohe vergitterte Pforte.

»Nicht sehr einladend«, fand Paul. »Aber das soll es ja wohl auch nicht sein.«

Sie betätigten eine Klingel, die in einen steinernen Pfosten neben der Pforte eingelassen war.

»Sie wünschen, bitte?«, schepperte eine Frauenstimme.

Paul beugte sich bis dicht vor die Sprechanlage und sagte: »Wir möchten Herrn Sanders besuchen.«

Eine Weile hörten sie nur Rauschen. Dann die Absage: »Tut mir leid. Herr Sanders kann keinen Besuch empfangen.«

»Sagt wer? Er selbst oder Dr. Herzog?«, fragte Paul ziemlich forsch.

Wieder ein Rauschen. »Wer spricht denn da?«

»Ein Bekannter.«

»Herr Sanders ist sehr krank, er kann niemanden sehen.«

Nun trat Stella vor. »Mein Name ist Stella Sanders. Ich bin seine Tochter. Mein Freund und ich möchten meinen

Vater besuchen. Bitte machen Sie auf und lassen Sie uns nicht länger in der Kälte stehen.«

Nach einem weiteren langen Rauschen betätigte jemand den Öffner. Surrend fuhr das Tor auf.

Stella sah Paul zögerlich an, bevor sie das Gelände betraten. Vor ihnen lag eine weitläufige Hügellandschaft ganz in Weiß. Was im Sommer grüne Wiesen, Hecken und Rosenbeete sein mochten, erschien jetzt wie ein Arrangement aus Zuckerguss, aus dem der einschüchternd düstere Klinikbau herausragte.

Sie stapften über einen Weg, dessen Verlauf sie unter der Schneedecke nur erahnen konnten. Über eine breite Steintreppe gelangten sie zu einem respekteinflößenden Portal. Kaum hatten sie die Tür erreicht, wurde ihnen geöffnet. Eine Frau im Kittel stand ihnen gegenüber. Die Endfünfzigerin musterte sie streng.

»Grüß Gott«, sagte sie und fügte sogleich hinzu: »Üblicherweise empfangen wir keine Gäste außerhalb der Besuchszeiten. Erst recht nicht, wenn sie nicht angemeldet sind.«

»Es tut uns leid, aber wir haben uns sehr spontan zu diesem Besuch entschieden«, sagte Paul.

»Lassen Sie nur, Schwester Pauline. Ich kümmere mich um die Herrschaften.« Die tiefe, sonore Stimme gehörte zu einem hochgewachsenen Mann mit grauem Haar und tief in den Höhlen liegenden Augen. Auch er trug einen weißen Kittel. Sein Namensschild wies ihn als Dr. Herzog aus.

Sie waren also auf Anhieb an den Richtigen geraten, dachte Paul zufrieden.

»Sie sind Verwandte eines unserer Patienten?«, erkundigte sich der Klinikchef und streckte ihnen eine knochige Hand entgegen. »Ich hoffe, Sie sind gut durchgekommen.

Normalerweise wagt sich bei einer solchen Witterung kaum jemand zu uns heraus. Wie gefällt Ihnen die Felsenwaldklinik?«

Noch haben wir ja nicht viel zu sehen bekommen, dachte Paul und sagte: »Eine hohe Mauer mit gezackter Eisenkrone – das erinnert zwangsläufig an ein Gefängnis.«

Dr. Herzogs Mundwinkel zuckten leicht. »Grundstücksmauern dienen im Allgemeinen dazu, Eindringlinge fernzuhalten, und nicht, die Bewohner am Gehen zu hindern.«

Bevor Paul oder Stella noch etwas sagen konnten, trat eine andere Frau zu ihnen. Eine elegante Erscheinung, dachte Paul und registrierte eine gute Figur, geschmackvolle Kleidung und ein teures Parfüm. Die Frau mochte etwa in seinem Alter sein, vielleicht Mitte vierzig.

Kaum war die Unbekannte aufgetaucht, fuhr Stella an Pauls Seite zusammen. »Das ist sie!«, zischte sie ihm zu.

»Das ist wer?«, fragte Paul ahnungslos.

»Vivian! Meine Stiefmutter!«

5

Da hatte sich Stellas Senior aber eine flotte Lady geangelt, kam es Paul in den Sinn. Sie war deutlich jünger als Oskar Sanders selbst, der wohl die Siebzig bereits überschritten hatte, wie Paul annahm.

Kaum hatte Vivian Sanders sie erspäht, schoss sie auf sie zu. Die Feindseligkeit, mit der sie ihrer Stieftochter gegenübertrat, entging Paul keineswegs. Dennoch hielt sie sich im Zaum und sagte mit einer erstaunlich samtenen Stimme: »Stella, meine Liebe.« Sie beugte sich vor und drückte

Stella einen energischen Wangenkuss auf. »Was machst du denn hier?« Ohne eine Antwort abzuwarten wandte sie sich Paul zu und schenkte ihm ein Lächeln, das ihn verlegen machte. »Und dieser nette junge Mann ist wer?«

Stella preschte vor und schmiegte sich demonstrativ an Pauls Schulter. »Mein neuer Freund«, behauptete sie. »Paul ist sein Name, Paul Flemming.«

»Sehr erfreut«, sagte Vivian mit einem Blick, der zwischen Interesse und Zurückhaltung schwankte, und nannte auch ihren Namen.

»Ich bin hier, um ihn Vater vorzustellen«, sagte Stella.

»Ach, Stella.« Vivian machte eine theatralische Geste. »Das ist ja so lieb von euch. Wie sehr würde sich Oskar freuen, dich und deinen Freund zu sehen. Sein Töchterchen frisch verliebt – ihm würde das Herz aufgehen. Aber leider, leider ...« Sie setzte einen betrübten Blick auf. »Es ist nicht möglich. Dein Vater kann momentan keinen Besuch empfangen. Unmöglich. Keine Chance.«

»Ich glaube schon, dass er das kann«, entgegnete Stella und stellte sich auf die Zehenspitzen. Auf diese Weise überragte sie ihre Stiefmutter trotz deren hohen Hacken um einige Zentimeter.

»Nein, es geht nicht«, blieb Vivian bei ihrer ablehnenden Haltung und wich keinen Millimeter zurück. »Schade, aber ihr habt euch umsonst hierher bemüht.«

»Das werden wir ja sehen«, blaffte Stella sie an und ballte die Fäuste.

Daraufhin schritt Dr. Herzog ein: »Frau Sanders, Sie haben nichts dagegen, wenn ich den Besuchern die Tatsachen erkläre, oder?«, fragte er Vivian.

»Nein, ich bitte sogar darum«, antwortete sie, ganz die feine Dame.

Dr. Herzog richtete seine Aufmerksamkeit auf Stella und Paul: »Frau Sanders, Sie sollten wissen, dass Ihr Vater bereits seit Monaten in meiner Behandlung ist. Oskar Sanders ist sehr krank.«

»Nach dem, was ich von seiner Tochter weiß, ist er völlig in Ordnung«, äußerte Paul seine Zweifel.

»*Scheint* er zu sein«, sagte Dr. Herzog. »Vielleicht. Seine Symptome sind auch nicht sehr augenfällig.«

»Was für Symptome sollen das denn sein?«

»Um es für den Laien verständlich auszudrücken: nervöse.« Er legte eine Pause ein, bevor er fortfuhr: »Seit einiger Zeit steht der Patient am Rande eines gefährlichen Zusammenbruchs. Ich habe das durch regelmäßige Sitzungen zu lindern versucht. Durch psychosomatische Ansätze und Psychotherapie. Zwischenzeitlich glaubte ich Fortschritte zu erkennen. Doch vor einigen Tagen nun kam es dann doch zu dem befürchteten Nervenzusammenbruch.«

»Aus heiterem Himmel?«, fragte Paul.

»Ja. Offenbar.«

»Und wie hat sich das geäußert? Ist er an den Gardinenstangen herumgeklettert oder was?«

Stella stieß Paul an. Er sollte wohl nicht zu sehr provozieren.

»Er wurde gewalttätig«, erklärte der Doktor. »Schlug um sich und schrie. Frau Sanders wusste keinen anderen Rat, als mich unverzüglich zu verständigen.«

Paul wollte es genauer wissen: »Sind das die üblichen Symptome eines nervösen Zusammenbruchs?«

»Nein. Aber ich sagte auch nicht, dass es ein nervöser Zusammenbruch war. Im Übrigen bin ich der Meinung, dass wir uns hier nicht über die exakte Terminologie auseinandersetzen müssen.«

»Er will damit sagen: Du hast keine Ahnung von Psychologie«, tuschelte Stella.

Das wollte Paul nicht auf sich sitzen lassen. »Nach allem, was ich bisher weiß, soll Herr Sanders eine Art Genie sein. Heißt es nicht, Genie und Wahnsinn liegen dicht beieinander? Vielleicht haben Sie sein Verhalten schlichtweg überbewertet.«

»Nein, das ist ein weit verbreiteter Irrtum«, stellte Dr. Herzog klar. »Beide Typen haben zum Teil ausufernde Phantasien und sind unkonventionelle Querdenker. Der Unterschied ist: Genies können ihre Phantasien ordnen, kontrollieren und dann zum Beispiel zu einer genialen Erfindung machen. Sie können auch unterscheiden, ob ein Gedanke weiterführend war oder unsinnig. Das können Wahnkranke wie Herr Sanders nicht. Sie haben die Kontrolle über das eigene Erleben verloren.«

Vivian, die bis eben schweigend danebengestanden hatte, ergriff wieder das Wort. Sie richtete sich direkt an Paul: »Tatsache ist: Mein Mann ist wahnsinnig geworden.«

»Vor einer Woche noch war er völlig normal«, widersprach Stella.

»Sagt wer?«, fragte Dr. Herzog.

»Ich! Denn da habe ich ihn das letzte Mal gesehen. Zu Hause, in seinem Labor.«

Dr. Herzog räusperte sich. »Sind Sie eine Psychiaterin oder psychologisch geschult?«

»Nein.«

»Aber ich. Ich habe den Fall behandelt und schon geraume Zeit sehr sorgfältig verfolgt. Leider blieb keine andere Wahl, als Ihren Vater in unsere Klinik zu überstellen.«

»Haben Sie zuvor einen weiteren Spezialisten hinzugezogen?«, fragte Paul.

»Dazu war keine Zeit. Es musste schnell gehandelt werden.«

»Aber Sie sagten doch gerade, Sie hätten den Fall sorgfältig verfolgt, und das schon seit Längerem. Warum dann jetzt diese plötzliche Einweisung?«

Vivian wurde allmählich ungeduldig: »Mein Herr, ich glaube, es genügt wohl, wenn ich die Maßnahmen von Dr. Herzog billige. Er hat mein volles Vertrauen als Arzt. Sie haben damit ja nichts zu tun.«

»Nein, das nicht. Aber im Allgemeinen, Frau Sanders, gilt es als ziemlich ernste Angelegenheit, einen Menschen in die Psychiatrie einweisen zu lassen. Der Polizei würde es bestimmt nicht gefallen, wenn nicht alles nach Vorschrift liefe.«

Ihre Augen wurden zu Schlitzen. »Wollen Sie damit sagen, dass Ihrer Ansicht nach hier etwas Illegales vorgeht?«

»Genau das, Frau Sanders. Reichlich viel Illegales, meiner Ansicht nach.«

Abermals schaltete sich Dr. Herzog ein: »Emotionen, auch sehr heftige, sind völlig normal nach einem solchen Schritt. Einen Menschen zu verlieren, der einem so nahe steht, ist nicht leicht. Man sucht nach Schuldigen, um die eigene Verletzlichkeit zu überwinden.«

»Noch ist Herr Sanders ja nicht verloren«, merkte Paul an. »Oder?«

»Darf ich noch etwas sagen?« Vivian hatte sich wieder gefangen und redete sehr ruhig. »Dr. Herzog sprach vorhin von ›plötzlich‹. Aber so ganz stimmt das nicht. Die teils aggressiven Schübe bei meinem Mann traten schon vorher auf. Er litt seit einiger Zeit unter wilden Phantasien, ja sogar Wahnvorstellungen.«

»Was für Wahnvorstellungen? Rosa Elefanten?«

»Nein. Er hatte die fixe Idee, dass sich obskure dunkle Mächte seiner Erfindungen bemächtigen wollten.«

»Das wissen wir«, sagte Paul. »Das hat er auch Stella gegenüber angedeutet. Doch im Gegensatz zu Ihnen hat sie ihrem Vater geglaubt.«

Vivian lächelte kalt. »Ein gesunder Geist, Herr Flemming, würde niemals glauben, dass ein solches Komplott gegen ihn tatsächlich besteht, zumal es keinerlei Beweise dafür gibt.«

»Gründe für derartige Sorgen hatte er jedenfalls. Denn sein Forschungsobjekt ist zweifelsfrei sehr begehrt.«

»Hat er Ihnen das gesagt?«

»Nicht mir persönlich, aber Stella.«

»Aber Sie selbst wissen es nur vom Hörensagen?«

»Ja.«

Vivian warf Dr. Herzog einen wissenden Blick zu. Daraufhin sagte dieser: »Mir scheint, Herrn Sanders ist es gelungen, seine Tochter vom vermeintlichen Wahrheitsgehalt seiner Einbildungen zu überzeugen. Aber glauben Sie mir, Herr Flemming: Niemand bedroht Herrn Sanders oder will ihn eines seiner Patente berauben. Das alles sind reine Hirngespinste.«

In Vivians Mimik vollzog sich eine überraschende Veränderung. Sie verlor das aufgesetzt Förmliche und wirkte mit einem Mal sehr offen. »Ich merke schon, dass wir meine Stieftochter nicht überzeugen können. Ebenso wenig ihren charmanten Begleiter.«

Dr. Herzog sah sie fragend an.

»Was halten Sie davon, lieber Herr Doktor, wenn wir die beiden mit Oskar sprechen lassen?«, fuhr sie fort. »Ich weiß, dass das gegen Ihren medizinischen Rat verstößt. Und möglicherweise verstört ihn das noch mehr. Andererseits liebt er seine Tochter. Ein Wiedersehen mit ihr könnte zu seiner Genesung beitragen – und die Zweifel von Stellas Freund ausräumen.«

Dr. Herzog betrachtete sie mit zerfurchter Miene. »Als Arzt kann ich das nicht gutheißen. Die möglichen Auswirkungen ...«

Vivian drückte seinen Arm. »Bitte, Dr. Herzog, lassen wir es auf einen Versuch ankommen. Um des lieben Friedens willen.«

Nach längerem Zögern willigte Dr. Herzog ein. »Also gut«, sagte er. »Folgen Sie mir bitte in die geschlossene Abteilung.«

6

Das Innere der Klinik vermittelte einen ähnlich düster-bedrohlichen Eindruck, wie ihn Paul schon bei der Anfahrt empfunden hatte. Das lag einerseits an der Architektur: Er nahm an, dass das Gebäude irgendwann gegen Ende des neunzehnten Jahrhunderts errichtet worden war. Dafür sprachen die dicken Wände, die klobigen Holzbalken und die Sprossenfenster, durch die nur wenig Tageslicht fiel. Hinzu kamen diverse Gerüche nach Reinigungsmitteln, vermischt mit dem Dunst aus der Kantine. Alles wirkte wie ein Relikt aus einer längst vergangenen Zeit, als Nervenheilanstalten wohl im Allgemeinen eine klaustrophobische Atmosphäre eigen war.

Die Sicherheitsmaßnahmen schienen dagegen auf dem neuesten Stand zu sein: Zunächst wurden sie darum gebeten, ihre Handys, den Autoschlüssel und – für den Fall, dass sie welche dabeihätten – ihre Taschenmesser abzugeben. Anschließend mussten sie eine durch Ausweisscan und mehrstelligen PIN-Code gesicherte Pforte passieren, um in einen langen, schummrig erleuchteten Flur zu gelangen, von dem Türen zu beiden Seiten abgingen – ähnlich dem Gang eines Gefängnistrakts, schoss es Paul durch den Kopf. Die Zimmer dahinter waren belegt, was Paul aus den vereinzelten Stimmen schloss, die er hörte. Aus einem der Räume drang sogar Musik an sein Ohr.

»Da spielt jemand Geige«, raunte er Stella zu.

»Die *Kreutzersonate*, wenn ich mich nicht täusche«, antwortete sie.

Das Zimmer, in dem Oskar Sanders untergebracht war, entsprach nicht Pauls Vorstellungen. Es hatte in seinem Leben kaum Berührungspunkte mit der Psychiatrie gegeben, seine Erwartungen waren deshalb von einschlägigen Büchern und Filmen beeinflusst. Er war davon ausgegangen, dass man Oskar Sanders in eine Art Gummizelle gesteckt hatte, doch die Unterbringung unterschied sich kaum von einem gewöhnlichen Krankenhauszimmer. Die fehlenden Fenstergriffe ausgenommen.

Sanders selbst war ein gebeugter älterer Herr mit krausem grauen Haar und Nickelbrille auf der Nase. Wie in Gedanken versunken kauerte er auf der Kante seines Bettes und reagierte kaum, als Paul und die anderen den Raum betraten.

Erst als Stella sich direkt vor ihn stellte und ihn anstupste, hob er den Kopf und zeigte so etwas wie ein Lächeln.

»Stella«, sagte er mit matter, leiser Stimme.

Sie setzte sich neben ihn und nahm ihn in den Arm.

Paul fragte Dr. Herzog: »Wäre es möglich, dass wir eine Weile allein mit Herrn Sanders sind?«

Dr. Herzog vergewisserte sich bei Vivian, die wohlwollend nickte. »Einverstanden«, sagte er. »Aber machen Sie nicht zu lang. Ich fürchte, das könnte den Patienten überfordern.« Er wies Paul und Stella auf einen Knopf hin, mit dem Patienten das Personal rufen konnten. Den sollten sie drücken, wenn sie fertig wären.

Als sie allein waren, setzte sich auch Paul. Dazu zog er sich einen dreibeinigen Hocker heran und positionierte ihn gegenüber dem Bett. Während Stella ihrem Vater liebevoll übers Haar strich, sah dieser Paul aus trüben, müden Augen an.

»Sie sind ein Freund meiner Tochter?«, fragte er schließlich mit brüchiger Stimme.

Paul bejahte und erkundigte sich: »Wie geht es Ihnen, Herr Sanders?«

Diese Frage rief bei Sanders ein schwaches Lächeln hervor. »Wie sollte es mir gehen? Weggesperrt in einer Zelle, während andere sich aufs Weihnachtsfest vorbereiten und Geschenke einkaufen ...«

»Ihnen ist bewusst, weshalb Sie hier sind?«, fragte Paul.

Sanders taxierte ihn kurz und sagte: »Junger Mann ...«

»Paul ist sein Name«, unterbrach Stella ihren Vater.

»Also schön: Paul. Mir ist durchaus klar, weshalb ich hier bin. Und auch, dass ich so bald nicht herauskommen werde. Es sei denn, es geschieht ein Wunder. Alle Welt hat sich gegen mich verschworen.«

»Nicht alle Welt«, beeilte sich Stella zu versichern. »Wir stehen zu dir, Vater.«

Sanders nahm das zur Kenntnis, indem er seine Tochter dankbar ansah. »Normalerweise wäre ich zu einer solchen Unterhaltung gar nicht imstande«, sagte er dann und hob ein Kopfkissen an. Darunter waren mehrere Tabletten verstreut: bunte Pillen in vielerlei Größen und Formen. »Die hätte ich alle schlucken sollen, aber ich weigere mich«, sagte er entschlossen. »Nur gegen die Spritzen kann ich mich nicht wehren. Dagegen komme ich einfach nicht an.«

Paul musterte ihn aufmerksam. Der Mann wirkte absolut glaubwürdig und vertrauenerweckend. Dennoch wollte er von ihm selbst hören, was seine Tochter behauptet hatte: »Sie gehen also allen Ernstes davon aus, dass man Sie ruhigstellen will? Damit Sie sich mit keinem Außenstehenden verständigen können?«

»Aber sicher!«, beteuerte Sanders. »Ich soll meinen Mund halten und denen nicht länger die Geschäfte verderben.«

»Wem verderben Sie die Geschäfte?«

»Interessierten Wirtschaftskreisen«, blieb Sanders vage.

Paul rückte mit seinem Hocker näher heran. »Erzählen Sie mir bitte davon. Womit bringen Sie diese Kreise dermaßen gegen sich auf, dass sie zu solch drastischen Maßnahmen greifen?«

Sanders musterte Paul abermals. So als wollte er prüfen, ob dieser es wert sei, in das große Geheimnis eingeweiht zu werden. Offenbar bestand Paul die Prüfung, denn Sanders holte aus: »Heute fährt weltweit nur rund ein Prozent der Kraftfahrzeuge mit Elektrizität. Doch bereits dieser Anteil beansprucht etwa die Hälfte aller Lithium-Ionen-Akkus, die produziert werden. Man muss sich also die Frage stellen, ob der enorme Bedarf durch die Elektrifizierung der Automobilität überhaupt gedeckt werden kann? Gleichzeitig werden mobile Energiespeicher in unserer modernen Welt immer wichtiger – denken Sie nur an Smartphones, Tablets oder Kameras. All diese Geräte dürsten nach Strom ohne Steckdose. Mein Ansatz war es nun, mir die nötigen

Rohstoffe zur Herstellung der Lithium-Akkus näher anzuschauen und mögliche Engpässe auszuloten.«

»Zu welchem Ergebnis sind Sie gekommen?«

»Es gibt Untersuchungen, die besagen, dass für die nahe Zukunft die elektrische Versorgung gewährleistet werden kann, denn noch sind alle Rohstoffe in ausreichender Menge vorhanden.«

»Dann ist ja alles gut«, meinte Paul.

»Eben nicht, denn solche Analysen greifen zu kurz und gehen nicht von einer signifikanten Erhöhung der Elektromobilität aus. Bei näherer Betrachtung zeigen sich kritische Umstände, was die Versorgung mit den Bestandteilen eines Akkus betrifft. Mögliche Engpässe.«

»Mögliche Engpässe wobei?«

»Hauptsächlich bei zwei Metallen, deren Vorkommen durch einen rasanten globalen Bedarf sehr bald zur Neige gehen könnten: Lithium und vor allem Kobalt.«

»Erzähl ihm von deiner Idee!«, forderte Stella ihren Vater auf, bald auf den Punkt zu kommen.

Sanders wirkte unschlüssig.

»Ja, bitte erzählen Sie«, bat auch Paul.

Daraufhin ließ sich der Wissenschaftler erweichen. »Durch meine Forschungen bin ich auf einen Rohstoff gestoßen, dessen Bestandteile sich ebenso gut für die Herstellung von Akkus verwenden lassen und der auf der Erde in unerschöpflichen Mengen vorhanden ist: Sand.«

»Sand?«, fragte Paul und überlegte, wie das wohl funktionieren sollte.

Sanders sah ihm seine Zweifel an. »Wie Sie bestimmt wissen, besteht eine Batterie aus einer Kathode und einer Anode, mit einem Elektrolyten dazwischen, durch den die Ladungsträger wandern. Ich habe es geschafft, für die Elektroden Siliziumdioxyd zu verwenden, also simplen Sand. Ich weiß, dass in der Bauindustrie Sand knapp wird. Aber das liegt daran, dass diese Branche Wüstensand nicht verwenden kann, weil der zu glatt und rund ist. Für meine Batterie ist das aber egal! Also, die Batterie funktioniert im Detail so.« Er griff zu einem Block, der auf seinem Nachttisch lag, und fing an, darauf herumzukritzeln. »Aus der Anode lösen sich negative Ladungsträger, und in der Kathode bietet das Kristallgerüst ausreichend Platz für Ionen.« Wieder widmete er sich seiner Zeichnung. »Der Clou dabei ist der Elektrolyt, der ...«

Stella legte ihre Hand auf die des Vaters. »Bitte jetzt keinen wissenschaftlichen Vortrag. Erkläre es so, dass Paul eine Chance hat, dir zu folgen.«

»Na schön«, sagte der alte Herr, wobei seine Augenlider flatterten. »Durch aufwendige Verfahren ist es mir gelungen, gewisse Quarzanteile vom Sand zu isolieren und ihre Ladefähigkeit zu optimieren. Laienhaft gesprochen kann ich behaupten, dass ich aus herkömmlichem Wüstensand Batterien herstellen kann – und zwar zu einem Preis weit unter dem von heute handelsüblichen Akkus. Das Problem der mobil verfügbaren Energie wäre also mit einem Mal gelöst.«

»Aber das ist doch toll!«, fand Paul.

»Ja«, sagte Sanders, dessen Euphorie schnell nachließ. »Leider haben die Produzenten konventioneller Kraftspeicher etwas dagegen, denn ihre Gewinnmargen würden nach der Veröffentlichung und Umsetzung meiner Idee stark schrumpfen. Das Gleiche gilt für die Ölindustrie. Sollte sich meine Erfindung durchsetzen, würden die Ölmultis von heute auf morgen ihre Geschäftsgrundlage verlieren. Kein Mensch bräuchte mehr Benzin.«

»Verstehe«, sagte Paul und sah Sanders nachdenklich an. »Damit haben Sie sich wirklich mit sehr mächtigen Gegnern angelegt.«

»Gegner, die meinen Vater und seine Idee am liebsten für immer und ewig in der Versenkung verschwinden lassen würden«, bekräftigte Stella.

Von draußen waren jetzt Schritte zu hören, die schnell näher kamen.

Sanders wirkte niedergeschlagen, als er sagte: »Ich fürchte, eure Besuchszeit ist schon vorbei.«

Stella fasste nach ihrer Handtasche und nahm eine kleine, hübsch verzierte Blechdose heraus. »Hier, Vater, für dich: selbst gemachte Plätzchen. Die magst du doch so gern.«

»Danke, mein Schatz«, sagte Sanders und streichelte sanft ihren Arm.

Paul stand auf. »Machen Sie sich keine Sorgen, Herr Sanders. Wir kümmern uns darum, dass Ihnen geholfen wird.«

Im nächsten Moment wurde die Tür aufgestoßen. Diesmal hatten Dr. Herzog und Vivian Verstärkung mitgebracht. Zwei kräftige Männer in weißen Kitteln standen hinter ihnen – wohl für den Fall, dass die Besucher auf Ärger aus waren. Paul fragte sich, warum Dr. Herzog und Vivian, die sich zuletzt eher deeskalierend verhalten hatten, plötzlich dieses Bedrohungsszenario aufbauten. Hatten sie etwa ihre Unterhaltung mitgehört und nun die Reißleine gezogen, weil ihnen die Sache zu heiß wurde? Er versetzte Stella einen Stups. Es war an der Zeit zu gehen.

Keine zehn Minuten später standen sie vor dem Gittertor der Klinik. Es schneite wieder, und der eiskalte Wind trieb ihnen die Flocken ins Gesicht. Während sie in gebückter

Haltung zum Auto liefen, stopfte Paul ein Faltblatt in seine Tasche, das er am Empfang einem Impuls folgend eingesteckt hatte: die Einladung zu einer Weihnachtsfeier für die Patienten der Felsenwaldklinik.

7

»Das klingt alles wirklich sehr traurig«, pflichtete Katinka ihm bei.

Paul und sie schlenderten gerade durch den Karstadt an der Lorenzkirche, um sich nach neuem Christbaumschmuck umzuschauen. Im letzten Jahr hatten sie die Tanne auf Wunsch von Hannah mit transparenten Designerkugeln dekoriert, heuer sehnte sich Katinka nach klassischen Farben wie Purpurrot und Gold. Auch mit Lametta liebäugelte sie, aber so etwas kam aus Umweltschutzgründen nicht mehr infrage.

Während sie sich die diversen festlichen Dekoartikel in den Regalen ansahen, erzählte Paul ihr von seinem Ausflug in die Klinik. Katinka nahm seine Schilderungen durchaus ernst und äußerte Verständnis für die großen Sorgen, die sich Sanders' Tochter machte. Im gleichen Atemzug betonte sie, dass Paul sich ja nicht zu einer Dummheit hinreißen lassen sollte. Denn diesem Fall liege immerhin ein richterlicher Beschluss zugrunde. »Ich kann dir versichern, dass kein Richter leichtfertig eine Entmündigung ausspricht«, sagte sie. »Dafür müssen schwerwiegende Gründe vorliegen.«

Paul entgegnete, dass die verschlagene Vivian und der undurchschaubare Dr. Herzog gewiss dafür gesorgt hätten, diese Gründe zu liefern.

Katinka aber blieb zurückhaltend. »Was soll diese Vivian denn davon haben, wenn ihr Mann eingewiesen wird?«

Paul drehte einen gläsernen Tannenzapfen zwischen den Fingern. »Kann sein, dass sie sich bestechen ließ. Oder sie hatte die Nase voll von dem alten, verschrobenen Mann an ihrer Seite.«

»Dann hätte sie sich ganz einfach scheiden lassen können«, hielt Katinka dagegen.

Als Nächstes stießen sie auf tierischen Christbaumschmuck: ein Specht war dabei, ein Schaf und ein rosa glitzerndes Schweinchen. Katinka schüttelte den Kopf angesichts solcher Geschmacksverirrungen, während Paul eine ganze Palette glasgeblasener Autos entdeckte.

»Du versprichst mir, dass du nichts Unüberlegtes unternimmst?«, fragte sie, als sie mit zwei Kartons traditioneller Kugeln in Burgunderrot und Gold an der Kasse standen. »Lass dich da in nichts hineinziehen.«

Paul grummelte eine unverständliche Antwort.

»Außerdem gefällt es mir nicht, dass Stella dich als ihren Freund ausgibt«, zischte Katinka ihm zu.

»Keine Bange, Stella ist aus dem Alter von unbedachten Affären raus.«

»Ach, gibt's dafür ein Alter? Das wäre mir neu.«

Am Abend kehrten sie im *Goldenen Ritter* an der Irrerstraße ein, Pauls langjährigem Stammlokal. Wirt Jan-Patrick hatte für sie die gemütliche Erkernische im ersten Stock des uralten Fachwerkhauses reserviert. Auf dem Tisch brannten zwei Tafelkerzen.

Wie man es von ihm gewohnt war, ließ sich Jan-Patrick nicht lumpen. Der festlichen Zeit entsprechend offerierte er seinen Gästen wahlweise Lachsforelle auf einer Sauce mit

Kraut, Sellerie und Bauernspeck und Perlhuhn mit einem Extrakt aus getrockneten Steinpilzen und Kohlblättern mit schwarzer Butter. Während Paul sich für das Perlhuhn entschied, zog Katinka eine fleischlose Variante aus der Speisekarte vor: Bandnudeln mit Kastanienpesto und Rosmarin. Jan-Patrick kündigte an, dass sie in ihren Mägen auf jeden Fall noch Platz für das Dessert lassen sollten, eine Creme aus Dörrpflaume, rotem Apfel und Krokanteis.

Katinka und Paul waren angetan. Wie immer. Während sie schmausten, kamen sie noch einmal auf Oskar Sanders zu sprechen. Katinka nahm ihre vorherige Äußerung teilweise zurück und meinte, dass sie Pauls Engagement an sich ja sehr löblich finde und stolz auf seinen Einsatz sei. Doch gerade wenn medizinische Gutachten im Spiel seien, müsse man äußerst behutsam vorgehen. Sie erinnerte an psychisch kranke Gewalttäter, die aufgrund von falschen Befunden auf freien Fuß gesetzt worden seien und anschließend Verbrechen begangen hätten.

»Sanders ist kein Verbrecher.« Paul merkte, wie sie sich bei diesem Thema im Kreis drehten. Daher ging er nicht weiter darauf ein, sondern konzentrierte sich aufs gute Essen und den ebenso guten Wein.

Nach dem Hauptgang entschuldigte sich Katinka, um die Waschräume aufzusuchen. Paul lehnte sich auf seinem Stuhl zurück und rieb sich den Bauch. Dabei ertastete er einen Zettel in der Hosentasche. Wie sich herausstellte, handelte es sich um die Einladung zum Weihnachtsfest, die er tags zuvor in der Klinik eingesteckt hatte. Paul hatte gar nicht mehr daran gedacht. Er legte das Blatt auf den Tisch und faltete es auseinander.

Gerade kam Jan-Patrick um die Ecke, um das Geschirr abzuräumen. »Bereit für den Nachtisch?«, fragte der kleine

Küchenmeister mit dem schwarzen, zurückgegelten Haar. Dabei fiel sein Blick auf den Bogen Papier auf dem Tisch. Er stutzte, drehte ihn mit dem Zeigefinger zu sich herum und sagte: »Ach, die Weihnachtssause draußen bei der Felsenwaldklinik. Wie kommst du denn da dran? Ist doch eigentlich eine interne Feier.«

Paul wunderte sich: »Kennst du die Klinik?«

»Sicher doch«, antwortete Jan-Patrick. »Wir machen das Catering für die Weihnachtsfeier. Schon seit Jahren. Gut zahlender Kunde, aber ich bin jedes Mal froh, wenn ich dieses Geisterschloss wieder verlassen darf. Die vielen Gitter, Schließanlagen und muskelbepackten Pfleger sind ganz schön unheimlich.«

Jan-Patrick versorgte die Klinik also mit dem Festmenü – Paul überlegte, ob und wie er sich diesen Umstand zunutze machen könnte.

8

Endlich mal wieder ein Auftrag, freute sich Paul, als er sein Fotoatelier am Weinmarkt für ein Shooting herrichtete. Eine Familie hatte sich angekündigt: Mutter, Vater, zwei Kinder und ein Hund. Er sollte sie mit winterlichen Accessoires wie Schlitten, Zipfelmützen und Kunstschnee ablichten. Als Weihnachtsgeschenk für die in Norddeutschland lebenden Großeltern.

Während Paul die Kamera aufs Stativ schraubte und die Blitzlichtreflektoren ausrichtete, dachte er wieder einmal darüber nach, dass sein Brotberuf heute nichts mehr abwarf. Von den wenigen Aufträgen, die reinkamen, konnte er gerade das Benzin für sein Auto zahlen. Und wenn er doch mal einen Kunden an der Angel hatte, wurde um den ohnehin niedrig angesetzten Preis gefeilscht. Vor allem bei Passfotos war niemand mehr bereit, ein anständiges Honorar zu zahlen. Zog Paul die Miete für sein Fotostudio von seinen Einkünften ab, machte er ein Minusgeschäft. Damit blieb er finanziell auf seine weitaus besser verdienende Frau Katinka angewiesen. Apropos Katinka ...

Siedend heiß fiel ihm wieder ein, dass er sich nach wie vor nicht um ihr Geschenk gekümmert hatte. Zwar war die Stadt voll mit Angeboten, die Auswahl schier grenzenlos, doch das machte es ihm nicht leichter. Er beschloss, systematisch vorzugehen, und stellte sich die Frage, welchen Kriterien das Präsent entsprechen sollte. Edel musste es sein. Edel und hochwertig. Außerdem sollte es eine persönliche Note haben, denn immerhin handelte es sich um das Geschenk für seine Liebste. Unwillkürlich kam ihm dabei die Kaiserstraße in den Sinn, Nürnbergs Einkaufsmeile für den gehobenen Anspruch. Dort könnte er zum Beispiel eine Markenhandtasche erwerben. Doch schon bei der Vorstellung, was die kosten würde, schlug er sich diesen Einfall ganz schnell wieder aus dem Kopf.

Stattdessen könnte er sich im Burgviertel auf die Suche machen. In den romantischen Gassen und Winkeln verbargen sich wahre Fundgruben für Freunde des ausgefallenen Geschmacks. Wie wäre es mit einer Vase aus einem der vielen Antiquitätenläden oder einem Gemälde aus einer Galerie, da konnte man manchmal ja echte Schnäppchen machen. Es gab sogar einen Plattenladen, der sich auf Originalpressungen legendärer LP-Hits spezialisiert hatte. Doch auch hier befielen ihn sehr bald Zweifel. Denn Katinka war ein praktisch veranlagter Mensch. Vielleicht würde sie sich über einen Mehrzweckschneider aus dem Küchengeschäft am Lorenzer Platz doch mehr freuen …

Mitten in diese Überlegungen hinein klingelte sein Handy. Diesmal erkannte Paul die Nummer.

Stella weinte bitterlich. So heftig, dass sie nicht imstande war, einen zusammenhängenden Satz zu formulieren.

»Beruhig dich erst mal«, redete Paul auf sie ein. »Was ist denn passiert?«

»Vater«, rief sie schluchzend. »Sie lassen mich ihn nicht mehr besuchen.«

»Bist du noch einmal zu der Klinik gefahren?«

»Ja, aber es ist zwecklos«, jammerte sie. »Absolutes Besuchsverbot, heißt es.«

»Hat Dr. Herzog dieses Verbot verhängt?«

»Ja.« Wieder ein Schluchzen. »Er hat mir große Vorwürfe gemacht. Sagte, dass Vater nach unserem Besuch sehr aufgewühlt war. Sie hätten die Dosis der Medikamente deutlich anheben müssen, um ihn wieder stabilisieren zu können.«

»Ob das stimmt?«, zweifelte Paul. »Als wir gingen, wirkte er auf mich sehr gefasst.«

»Dr. Herzog sieht das anders. Er hat mir den Zugang zu Vaters Zimmer verweigert und sogar mit Hausverbot gedroht, sollte ich mich nicht an seine Maßgaben halten.«

»Unglaublich. Ich denke, es ist an der Zeit, dass du dir einen Anwalt nimmst.«

»Ich habe schon bei zweien vorgesprochen. Aber keiner wollte das Mandat übernehmen. Aussichtslos, hieß es.«

»Das gibt es doch nicht! Sonst lassen sich diese Winkeladvokaten doch auch keinen Auftrag entgehen.«

»Es ist, wie es ist«, sagte Stella traurig. »Ein Kampf gegen Windmühlen. Ich glaube, wenn Vater bis Weihnachten die Klinik nicht verlassen darf, wird er das nicht überleben. Er wird daran zerbrechen. Wenn Mama doch bloß noch am Leben wäre.«

Paul erfuhr, dass Stellas Mutter schon vor zehn Jahren einer Krebserkrankung erlegen war. Ihr Vater sei über diesen Verlust beinahe nicht hinweggekommen, doch dann sei Vivian auf den Plan getreten. Eine Urlaubsbekanntschaft. »Sie haben sich während einer Kreuzfahrt kennengelernt«, berichtete Stella. Sie sei ihrer späteren Stiefmutter von Anfang an kritisch gegenübergestanden. »Der Altersunterschied zwischen Vater und ihr ist ja nicht unbeträchtlich. Außerdem hatte sie nicht viel Geld, daraus zog ich so meine Schlüsse.«

»Ihr habt euch also nie gut verstanden, was?« Paul zog in Erwägung, dass auch Stella ihren Teil dazu beigetragen hatte. Womöglich war sie – wenn auch unbewusst – eifersüchtig und wollte nach dem schmerzlichen Verlust der Mutter ihren Vater ganz für sich behalten.

Doch wie auch immer die Spannungen zwischen den beiden Frauen entstanden waren: Paul fühlte sich verpflichtet, seiner Schulfreundin beizustehen. Er wusste allerdings nicht, wie er das anstellen sollte. »Wenn du willst, begleite ich dich noch mal in die Felsenwaldklinik und spreche mit Dr. Herzog«, schlug er in Ermangelung neuer Ideen vor.

»Das hat doch keinen Sinn«, sagte Stella. »Es ist nett von dir, aber mit einem weiteren Höflichkeitsbesuch werden wir ihn nicht umstimmen. Er hat mir gegenüber seinen Standpunkt sehr deutlich gemacht.«

»Wir können ja schwerlich den Rahmen seines Fensters heraussprengen und ihn mit einem Hubschrauber evakuieren«, sagte Paul in Anspielung auf die spektakulären Gefängnisausbrüche, wie sie im Fernsehen liefen. Kaum hatte er das ausgesprochen, hatte er einen Geistesblitz. Ihm fiel seine Unterhaltung mit Jan-Patrick wieder ein. Das Catering beim Weihnachtsfest in der Klinik ...

»Paul? Bist du noch dran?«

»Ja, ich bin noch dran«, sagte er rasch. »Jeden Moment kann es an der Tür klingeln, ich erwarte Kunden. Ist es dir recht, wenn wir unser Gespräch später fortsetzen?«

»Sicher, ja. Ich will mich dir nicht aufdrängen mit meinen Problemen.«

»Darum geht es nicht. Ich habe meine Hilfe zugesagt, und dazu stehe ich. Ich melde mich wieder bei dir.«

Die Familie mit Hund – ein gutmütiger Riese mit zotteligem Fell – fertigte er im Schnelldurchgang ab. Kaum hatte er den Job erledigt, zog sich Paul seinen Mantel über und eilte über den Weinmarkt.

Der Winter hatte die Stadt fest im Griff, die Fassaden verschwammen im Schneegestöber. Viele Anwohner hatten kapituliert und das Kehren eingestellt. Paul musste aufpassen, dass er nicht ausrutschte.

9

Kurz darauf erreichte er den *Goldenen Ritter*. Er schüttelte die nassen Flocken von seinen Ärmeln und betrat das urige Lokal, das um die Mittagszeit vorwiegend mit Touristen gefüllt war, darunter eine Reisegruppe Amerikaner im Rentenalter, unschwer zu erkennen an ihren Baseballkappen.

Paul hoffte, dass Jan-Patrick trotz des vollen Hauses ein Ohr für ihn haben würde, und schlängelte sich durch den beengten Gastraum zur Küche durch. Dort schlug ihm der Küchendunst entgegen. Etliche Hilfsköche und Küchenjungen wirbelten in dem kleinen Raum umher und hantierten mit Töpfen und Pfannen. Mittendrin Jan-Patrick, der lautstark Befehle erteilte und sein Team antrieb wie eine Herde. »Wird's bald!«, rief er, und: »Ich mach euch Dampf, wenn das noch länger dauert!«

Paul machte sich bemerkbar, indem er seinem Freund zuwinkte. Dieser wirkte erst irritiert über den unangekündigten Besuch, und es sah so aus, also würde er Paul gleich wieder vor die Tür setzen. Doch dann breitete sich ein Grinsen unter der großen Nase des Küchenmeisters aus, und er kam auf Paul zu.

»Dich schickt der Himmel«, sagte er. »Ich muss hier raus. Brauche dringend eine Pause.«

Das kam Paul sehr gelegen. Als sie die Hektik des Küchenbetriebs hinter sich gelassen und sich an einen schmalen Tisch abseits des Touristenrummels gesetzt hatten, erkundigte sich Jan-Patrick: »Was treibt dich am helllichten Tag zu mir? Normalerweise kommt ihr doch zum Abendessen?«

Paul hatte wieder den Zettel dabei: die Einladung zum Weihnachtsfest. Er wedelte damit vor Jan-Patricks Gesicht. »Wie genau läuft das ab?«, fragte er. »Wie bist du zu diesem Auftrag gekommen, und ist es nicht ungewöhnlich, dass eine Klinik einen herausragenden Gastronomen wie dich anheuert? Ich hätte mir Feiern in einer solchen Anstalt trister vorgestellt.«

Jan-Patrick schmunzelte geschmeichelt. »Danke für das Kompliment, aber ungewöhnlich ist das nicht. Cateringaufträge werden für Betriebe wie meinen immer wichtiger. Den Zuschlag für die Weihnachtsfeier in der Klinik habe ich auf Empfehlung eines Kunden bekommen. Und offenbar sind sie zufrieden mit meinem Angebot, denn ich beliefere die Klinik nun schon das dritte Mal in Folge.«

»Wer kommt denn für die Kosten auf? Die Klinikverwaltung wird ja wohl kaum die eigenen Patienten zur Kasse bitten.«

»Das kann ich dir nicht mit Bestimmtheit sagen, doch meine Rechnung wird jedes Mal pünktlich bezahlt. Soviel ich weiß, gibt es da wohl eine Art Stiftungsverein, der Geld zuschießt.«

»Benutzt ihr die Klinikküche und bereitet dort das Weihnachtsmenü vor?«, fragte Paul weiter.

Jan-Patrick schien sich nicht daran zu stören, dass sich Paul ausgerechnet für diesen Auftrag so sehr interessierte. Bereitwillig gab er Auskunft: »Externe Küchen nutzen wir ungern. Allein schon wegen der Hygiene, die wir in Fremdküchen nicht garantieren könnten. Soweit möglich, bereiten wir bei uns alles vor, verpacken es in Isolierboxen und erledigen vor Ort bloß noch das Finish.«

»Das heißt?«

»Bei Büfetts stellen wir Edelstahlbehälter auf, die wir mit Brennpasten warm halten.«

»Was tragt ihr in der Felsenwaldklinik denn auf? Geht ja immerhin um einen Festschmaus.«

»Ja, das stimmt. Die lassen sich nicht lumpen und gönnen ihren Patienten etwas Feines.« Jan-Patrick zählte diverse Köstlichkeiten auf, von deftig bis gesund. »Im Mittelpunkt steht natürlich die Gans.«

»Gans?«

»Selbstverständlich! Kannst du dir eine fränkische Weihnachtsfeier ohne Gänsebraten vorstellen? Auch das Geflügel braten wir vor, das würde an Ort und Stelle sonst viel zu lange dauern. – Und wie ich dir schon sagte ...«

»Ja, du willst dich in der Klinik nicht länger als unbedingt nötig aufhalten«, führte Paul den Satz zu Ende.

»Ganz genau. Ansonsten bekomme ich Klaustrophobie. So nennt man das doch, wenn man sich eingesperrt fühlt, oder?«

Paul ging darüber hinweg und fragte: »Wie schaut es bei dir personell aus? In der Vorweihnachtszeit hast du bestimmt jede Menge Laufkundschaft zu bewirten, dazu die vielen Weihnachtsfeiern der Firmen. Hast du überhaupt genügend Leute, um das Fest in der Klinik zu besetzen?«

»Na ja«, meinte Jan-Patrick und rieb sich das Kinn. »Es wird schon recht eng.«

»Was hältst du davon, wenn ich bei dir einspringe?«

»Du?« Jan-Patrick sah ihn an, als könnte er sich Paul unter keinen Umständen in der Kluft eines Kellners vorstellen. »Warum?«, fragte er dann. »Mal wieder knapp bei Kasse?«

Paul erwog, ihm eine Phantasiegeschichte aufzutischen, doch sein Gewissen hielt ihn davon ab. Also rang er sich dazu durch, Jan-Patrick einzuweihen. In kurzen Worten berichtete er vom Schicksal Oskar Sanders' und davon, wie sehr seine Tochter Stella darunter litt.

»Ich möchte ihr helfen«, erklärte Paul, »daher die ungewöhnliche Bitte, mich in dein Team aufzunehmen.«

Jan-Patrick hatte aufmerksam zugehört. »Nehmen wir an, ich stimme zu und schleuse dich in die Klinik ein. Wie soll es weitergehen? Wie sieht dein Plan aus?«

Paul setzte zu einer Antwort an. Doch dann wurde ihm bewusst, dass es keinen Plan gab. Zumindest noch nicht.

10

Paul war ziemlich verzweifelt. Auf seiner Suche nach einem geeigneten Geschenk für Katinka streifte er durch die Breite Gasse. Auch hier war alles ganz auf die Weihnachtszeit ausgerichtet, aus den Läden schallten Christmashits, und ein feiner Hauch nach heißen Maroni lag in der Luft.

Diesmal schaute sich Paul nach Schuhen um, denn ihm war aufgefallen, dass Katinka sich schon seit Längerem keine neuen gekauft hatte. Er liebäugelte mit einem eleganten Paar, das sich durch gewagt hohe Absätze auszeichnete, wusste aber nicht, ob Katinka die Stilettos wirklich gefallen würden. Daher wechselte er zum Regal mit Stiefeln. Aber bei denen kam es ja sehr auf die Passform und Bequemlichkeit an, daher erschien ihm das Risiko zu groß. Schließlich landete er bei den Freizeitmodellen. Doch bereitete ein Paar Joggingschuhe unterm Weihnachtsbaum wirklich Freude?

Möglicherweise würde er besser fahren, wenn er sich Rat holte. Von Hannah zum Beispiel; ihr würde bestimmt etwas Nettes einfallen. Er könnte sich auch mit Katinkas bester Freundin Astrid in Verbindung setzen. Aber wäre es nicht ein Armutszeugnis, wenn er auf die Hilfe anderer setzte, statt sich selbst etwas auszudenken? Tief in Gedanken ging er weiter durch die Stadt und schlängelte sich durch die Budengassen des Christkindlesmarktes.

Er war froh, seine Grübeleien vorerst einstellen zu können, als er schon bald einen alten Bekannten sah: Wer nicht wusste, dass Hannes Fink Pfarrer war, hätte ihn in diesem Aufzug sicherlich für einen Handwerker gehalten. Paul musste unwillkürlich schmunzeln, während er den beleibten Geistlichen in einem ziemlich schmutzigen Blaumann vorm Hauptportal der Sebalduskirche beobachtete.

»Bist du unter die Heimwerker gegangen?«, grüßte Paul.

Fink schüttelte den Kopf, wobei sein zum Pferdeschwanz zusammengebundenes, schwarzgraues Haar munter hin- und herpendelte. »Nein, aber manchmal komme ich mir wirklich mehr wie ein Bausachverständiger als wie ein Prediger vor. Das Kirchengebäude ist in einem Zustand ...«

»Schwanken die Glockentürme etwa immer noch?«

»Frag nicht«, sagte Fink und hakte Paul unter. »Unsere Architektin legt mir jeden Tag neue Statikberichte auf den Tisch. Man könnte Kopfschmerzen davon bekommen. Ich kann nur hoffen, dass die Nürnberger weiter fleißig für ihre Sebalduskirche spenden. Die Instandhaltungskosten sind kaum zu decken.« Er zwinkerte Paul zu: »Solltest du wohlhabende Bekannte anderer Konfessionen haben, sag ihnen: Wir nehmen auch das Geld von Katholiken.«

Paul hob bemüht seine Mundwinkel.

Fink erkannte, dass ihm etwas auf der Seele brannte, und stellte das Scherzen sofort ein. Der Pfarrer führte Paul in die Kirche. Sie zogen sich in einen dunklen, kühlen Winkel hinter einem der trutzigen Pfeiler zurück.

»Apropos Katholiken«, nahm Fink den Faden wieder auf. »Wenn ich einer wäre, würde ich dich in den Beichtstuhl bitten, so wie du aussiehst. Was, um Himmels willen, hast du ausgefressen?«

Paul sah seinen Freund dankbar an. Hannes Fink schaffte es auf seine ruppige und gleichzeitig menschlich einfühlsame Art immer wieder, das Eis zu brechen und einen zum Reden zu animieren. Paul griff nur allzu gern nach diesem Strohhalm: »Ein Beichtstuhl würde mir im Moment auch nicht weiterhelfen. Ich wüsste nämlich gar nicht, was ich beichten sollte.«

»Warum schaust du dann wie sieben Tage Regenwetter?«

»Weil ...« Paul zögerte. »Weil ich erstens kein gescheites Weihnachtsgeschenk für Katinka finden kann und zweitens jemandem aus der Klemme helfen möchte, aber nicht weiß, wie.«

»Um das ›Erstens‹ musst du dich schon selbst kümmern«, sagte Fink. »Beim ›Zweitens‹ könnte ich dich womöglich unterstützen. Worum geht es?«

Paul erzählte ihm die ganze Geschichte. Hannes Fink hörte konzentriert zu, seine Miene aber verriet, dass er Mühe hatte, seinem alten Freund die Sache mit den mächtigen Hintermännern aus Wirtschaftskreisen abzukaufen. Paul erkannte sehr wohl die Zweifel im runden Gesicht des Pfarrers.

»Um ehrlich zu sein ...« Fink legte ihm die Hand auf die Schulter. »Ich bin mir wirklich nicht ganz sicher, ob ich diese Räuberpistole ernst nehmen kann. Immerhin gibt es ein ärztliches Attest.«

»Die Sache ist verdammt gut eingefädelt.«

»Oder deine Stella macht sich etwas vor, und du bestärkst sie mit deiner Unterstützung in ihrem Irrglauben.«

»Verflucht«, ärgerte sich Paul darüber, dass er keine Unterstützung fand.

»Fluchen kannst du zu Hause, aber nicht hier«, ermahnte ihn der Geistliche. In sanfterem Ton fuhr er fort: »Ich kann mir vorstellen, wie du dich jetzt fühlst. Und dass du helfen willst, ist an sich ja ein feiner Zug.«

»Finde ich auch. Das, was ich tue, ist praktizierte Nächstenliebe«, betonte Paul, um seinen Freund doch noch aus der Reserve zu locken.

»Du bist also fest davon überzeugt, dass Herr Sanders zu Unrecht in die Psychiatrie eingeliefert wurde?«

»Ja, das bin ich. Nach allem, was ich bisher in Erfahrung bringen konnte, haben gewisse Leute ein gesteigertes Interesse daran, den alten Herrn aus dem Verkehr zu ziehen. Was es noch schlimmer macht: Seine zweite Ehefrau ist eifrig mit von der Partie.«

»Sehe ich das richtig, dass du seine Tochter dabei unterstützen möchtest, ihn aus der Klinik herauszuholen, euch die offiziellen Wege aber verwehrt bleiben?«

Paul nickte bedeutungsschwanger. »Wie es aussieht, haben wir kaum Chancen auf Erfolg, wenn Stella Rechtsmittel einlegt. Außerdem würde das einige Zeit in Anspruch nehmen. Stella befürchtet aber, dass ihr Vater nicht so lange durchhält.«

»Mmmmmh«, brummelte Fink und kratzte sich an seinem Schnauzbart. »Diese Geschichte erinnert mich entfernt an *Einer flog über das Kuckucksnest*. Starker Streifen mit Jack Nicholson in einer genialen Rolle als Häftling, der einen psychisch Kranken spielt, um einer Gefängnisstrafe zu entgehen. Keine gute Idee, in der Anstalt erlebt er die Hölle auf Erden. Ich bin ein großer Fan dieses Films, habe ihn sicherlich ein Dutzend Mal gesehen.«

»Höre ich da ein gewisses Interesse heraus?«

Diesmal war es Fink, der nickte. »Interesse? Zumindest bin ich neugierig. Das, was du sagst, hört sich ganz danach an, als hättet ihr vor, ihn aus seiner Zelle zu schmuggeln.« Er senkte den Ton, als er fortfuhr: »Das ist illegal, wahrscheinlich sogar strafbar. Was sagt denn deine Frau dazu?« Er wartete Pauls Antwort nicht ab. »Lass mich raten: Sie weiß mal wieder nichts von deinen Plänen. Habe ich es mir doch gedacht. Du bist unverbesserlich.«

»Es ist ja für eine gute Sache«, betonte Paul noch einmal und fragte forsch: »Du hast doch immer so tolle Ideen – fällt dir eine Methode ein, mit der wir Sanders raushauen könnten?«

Hannes Fink schmunzelte feinsinnig. Natürlich wusste er bereits, was gespielt wurde. »Was hast du vor, Paul? In welcher Rolle planst du mich ein?«

Nun legte Paul seine Karten auf den Tisch, indem er auch dem Pfarrer das Einladungsschreiben zur klinikinternen Feier zeigte.

»Dieses Fest wird von Jan-Patrick becatert. Er hat sich mehr oder weniger bereit erklärt, mich als seine Küchenhilfe mitzunehmen. Damit wäre die erste Hürde genommen, denn auf diese Weise gelange ich unbehelligt in die Anstalt. Um mich aber unbemerkt Sanders nähern und mit ihm im geeigneten Moment das Weite suchen zu können, brauche ich eine Ablenkung. Dabei dachte ich an dich, Hannes.«

Fink lachte. »Du erwartest von mir einen großen Auftritt als Pfarrer, wenn möglich inklusive Weihnachtspredigt? Weil du glaubst, dann wären alle Augen auf mich gerichtet, während du freie Hand hättest, um im Hintergrund agieren zu können? Kein schlechter Gedanke, ich sehe da allerdings ein kleines Problem: Ich stehe gar nicht auf der Gästeliste.«

»Das lässt sich ändern. Selbstlos, wie du bist, bietest du dich denen an. Behauptest, dass du ihnen als Adventsgabe deine Aufwartung machst.«

»Warum sollte ich?«

»Tu einfach so, als würdest du in der Weihnachtszeit auch andere Kliniken besuchen. Sie werden es nicht wagen, dem Pfarrer von St. Sebald eine Absage zu erteilen.«

»Mag sein. Aber ich fürchte, mein lieber Paul, meine Wenigkeit reicht nicht für ein wirksames Ablenkungsmanöver.

Gut möglich, dass ich mit den richtigen Worten und der passenden Vortragsweise die meisten Patienten, Ärzte und Leute aus der Verwaltung für eine Weile in den Bann ziehen kann. Aber die Pflegekräfte werden ein wachsames Auge auf ihre Schützlinge werfen. Um auch sie abzulenken, bedarf es weit mehr.«

Paul nagte auf seiner Unterlippe. »Was schwebt dir vor?«

»Mir? Es ist deine Rettungsaktion.«

»Irgendeine Idee?«

Fink kratzte sich am Schnauzbart. »Du sagtest, dass Jan-Patrick fürs Essen verantwortlich zeichnet? Wie wäre es dann mit einer kulinarischen Überraschung? Einer Art ›Bombe Surprise‹.«

Paul hob die Brauen. »Was soll ich mir darunter vorstellen? Eine nackte Braut, die aus der Torte springt?«

»Ein wenig subtiler darf es schon sein«, entgegnete der Pfarrer.

»Verstehe. Aber hell, bunt und laut geht, oder? Wie wäre es mit einer Art Tischfeuerwerk?«

»Ja, in diese Richtung könnte es funktionieren. Wenn die Gänse mit Wunderkerzen und Knallbonbons gespickt werden, ist Jan-Patrick die Aufmerksamkeit sicher.«

»Die Bombe in der Weihnachtsgans«, griff Paul den Gedanken auf. »Ja, daraus lässt sich etwas machen.«

11

»Was spielt Ihre Frau denn gern?«, erkundigte sich die Verkäuferin in der weitläufigen Spielwarenabteilung eines großen Drogeriemarktes bei Paul. Um ihn herum drängten sich Eltern und Großeltern, oftmals uneinig darüber, was für ihre Kinder und Enkel geeignet sein könnte und was bei den Sprösslingen garantiert durchfallen würde. Die Diskussionen fielen teilweise so laut aus, dass die dezenten Weihnachtslieder im Hintergrund im Stimmengewirr untergingen.

Paul ließ nachdenklich den Blick schweifen. Dabei wurde ihm wieder einmal bewusst, wie unsicher er mitunter war, was Katinkas Vorlieben anbelangte. »Gesellschaftsspiele eben«, sagte er nach längerem Nachdenken. »Monopoly. Oder dieses Ratespiel, bei dem man einem Mörder auf die Schliche kommen muss.«

»Cluedo«, half ihm die Verkäuferin auf die Sprünge.

»Genau! Sie beschäftigt sich aber auch gern mit kniffligen Fragen. Ein Quiz wäre also fein. Oder eine Mischung aus beidem.«

»Wie wäre es mit einem Exit-Spiel?«, schlug die Verkäuferin vor. »Diese Reihe ist derzeit extrem beliebt. Der Spielverlauf orientiert sich am Schema von Escape Rooms. Knifflig und spannend zugleich.«

Paul fiel ein, wie sehr es Katinka hasste, wenn sie mit den Spielregeln nicht zurechtkam und es ihr zu kompliziert wurde. Dann konnte die Spielfreude ganz schnell in Frust umschlagen. Wollte er das – ausgerechnet am Heiligen Abend?

Kurz darauf stand Paul mit leeren Händen auf den schneebedeckten Pflastersteinen vorm Lorenzer Wetterhäuschen. Wieder nichts, dachte er und schlug den Kragen hoch.

Als Paul gegen Abend nach Hause kam, warteten Katinka und Hannah schon auf ihn. Seine beiden Liebsten hatten sich etwas Nettes einfallen lassen. Verschmitzt sahen sie ihm entgegen und warteten darauf, was er zu ihrem Arrangement sagen würde.

Die beiden hatten alles für eine Neuauflage des Lebkuchen-Probier-Marathons vorbereitet, den Paul zuletzt wegen seines Telefonats mit Stella verpasst hatte. Auf dem Tisch verteilt standen Teller voller Gebäck, während es aus der Küche verheißungsvoll nach Glühwein duftete.

»Heidelbeere«, verriet Hannah die Sorte. »Mit Schuss.«

Paul wurde zu einem Stuhl geleitet und darum gebeten, aufmerksam zuzuhören. Denn Katinka hatte keine Mühen gescheut, sich gründlich vorzubereiten.

»Ein kleiner Exkurs in die Geschichte«, kündigte sie an und strich sich das blondierte Haar aus der Stirn. »Der Beruf des Lebküchners ist schon seit 1395 belegt, das älteste überlieferte Rezept stammt aus dem 16. Jahrhundert. Die Massenproduktion begann 1840 mit der Einführung der Dampfmaschine. In der Hochsaison laufen bei den Nürnberger Lebküchnern heutzutage Stunde für Stunde Zigtausende Oblatenlebkuchen über die Bänder, dazu Hunderte Kilo braune Lebkuchen und Gebäcke.«

»Wir haben neulich mal eine solche Fabrik besucht. Abteilungsausflug«, berichtete Hannah. »Da mussten wir erst Uhren, Ringe und sonstigen Schmuck ablegen, Haarnetze überziehen und in weiße Mäntel schlüpfen. Danach noch die Hände desinfizieren, denn Sauberkeit ist da Regel Nummer eins.«

»Wie sieht es in einer Lebkuchenküche denn aus?«, interessierte sich Paul.

»Erst mal sind wir an mehreren Förderbändern vorbeigelaufen, auf denen total gut duftende Lebkuchen dicht an dicht an uns vorbeigezogen sind. Dahinter standen die silbern glänzenden Silos mit den Ingredienzen. Noch weiter hinten glühten die geöffneten Klappen der Öfen. Wie die Mäuler von Drachen. Verflucht heiß war's da: In der Fabrikationshalle herrschten tropische fünfunddreißig Grad. Wir hatten auch Gelegenheit, mit einer Laborantin zu sprechen. Die war für die Analyse der Lebensmittel zuständig. Mehl, Ölsaaten, Puderzucker und die Schokolade für den Überzug hat sie unter die Lupe genommen und kontrolliert, ob die Sultaninen ohne Stiel waren und die Mandeln den gewünschten Feuchtigkeitsgehalt aufwiesen.«

Paul liebäugelte mit einem schokoüberzogenen Exemplar. Doch noch war Hannah nicht fertig.

»Eine der wichtigsten Maschinen in der Halle war der Lebkuchenstreichautomat. Arbeiterinnen legten in regelmäßigen Abständen Oblaten nach, damit der klebrige Teig nicht aufs nackte Fließband tropfte. Andere entfernten verunglückte Rohlinge, denn nur die gelungenen Lebkuchen verdienten die Weiterverarbeitung und Veredelung. Dann ging es zu den Öfen. Insgesamt gab es sechs Stück davon, ein jeder zwanzig Meter lang. Ehe die Lebkuchen die Strecke in einer knappen Viertelstunde bei zweihundertzwanzig Grad Hitze hinter sich brachten, wurden sie mit einem starken Gebläse behandelt. Dadurch bildete sich eine schützende Haut, damit sie beim Backen nicht zerlaufen konnten. Zu heiß durfte es aber nicht werden, denn sonst hätten sich auf dem Backwerk Risse gebildet.«

»Interessant«, meinte Paul und schnappte sich einen besonders dicken Lebkuchen. »Ich frage mich nur, warum sie so verschieden schmecken, je nachdem, von welchem Hersteller sie kommen.«

»Die wesentlichen Ingredienzen der Lebkuchen sind ja geläufig«, sagte Hannah. »Ein Rohteig aus Roggen- und Weizenmehl, Bienenhonig und zur Verfeinerung Mandeln,

Nüsse, Kandisstücke und Rosinen. Der Unterschied liegt wohl in der Zusammensetzung der beigemischten Gewürze.«

»Wie auch immer«, sagte Katinka und griff ebenfalls zu. »Nürnberger Lebkuchen sind was Feines. Lassen wir es uns also schmecken – und dieses Mal hoffentlich ohne Störung.«

Ja, dachte Paul, noch einmal wollte er sich den Spaß nicht verderben lassen!

Doch zu früh gefreut: Bevor es richtig losging, meldete sich Katinkas Telefon. Sie machte eine entschuldigende Geste und warf einen Blick aufs Display. »Etwas Dienstliches«, murmelte sie wenig erfreut und stand auf. »Entschuldigt mich einen Augenblick.« Mit dem Handy am Ohr verließ sie den Raum.

Hannah, bis eben im relaxten Genussmodus, schaltete sofort um, kaum dass ihre Mutter außer Hörweite war. »Was ist los, Paul?«, fragte sie und sah ihn mit einem bohrenden Blick an, als würde sie keine Ausflüchte dulden.

Paul legte das Gebäck zurück auf den Teller. »Was soll los sein?«

»Du bist gar nicht richtig bei der Sache. Unsere Lebkuchen-Storys interessieren dich nicht im Geringsten. Glaubst du etwa, man merkt das nicht? Wo bist du bloß mit deinen Gedanken?«

Paul war klar, dass er Hannah nichts vormachen konnte. Also brachte er sie auf den neuesten Stand, was den Fall Sanders anbelangte. Dabei ließ er nicht unerwähnt, dass sich bereits zwei Komplizen gefunden hatten, die ihm helfen würden.

Hannah reagierte weit weniger zurückhaltend und skeptisch, als es Hannes Fink zunächst getan hatte: »Das erinnert verdammt an den Fall Mollath. Der arme Kerl, der Opfer eines Irrtums der bayerischen Justiz geworden ist. Ich habe das damals verfolgt, da war ich noch ein halbes Kind, und es hat schwer mein Vertrauen in die Behörden erschüttert.«

»Stimmt«, bestätigte Paul. »Soweit ich mich erinnere, waren Mollath mehrere Delikte angelastet worden, gleichzeitig stellten verschiedene Gutachter seine Schuldunfähigkeit fest. Das Ganze endete für ihn mit einer Einweisung in den psychiatrischen Maßregelvollzug. Später stellte sich alles als Fehldiagnose heraus. Der Mann war so normal wie du und ich.«

»Genau.« Dass Paul ernsthaft vorhatte, einem vermeintlich psychisch Kranken zur Flucht aus der Klinik zu verhelfen, haute Hannah keineswegs um. Kein Wunder, zusammen mit Paul hatte sie bereits ganz andere Dinge gedreht. Und meist war es gut gegangen.

»Klingt nach einem durchdachten Plan«, fand sie. »Aber ich glaube, eure Manpower reicht nicht aus.«

»Manpower?« Paul zählte auf: »Hannes hat einen großen Auftritt als Prediger, Jan-Patrick sorgt mit seiner bombigen Überraschung für Aufsehen, während ich als Kellner getarnt Sanders aus dem Gebäude lotse. Das reicht doch wohl, oder?«

Hannah schüttelte den Kopf. »Nie im Leben. Ihr braucht dringend jemanden, der euch den Rücken freihält, falls etwas schiefläuft. Du weißt doch selbst, dass es immer eine unvorhersehbare Komponente gibt. Wer soll sich darum kümmern? Bei deinem Plan bleibt kein Spielraum für Komplikationen.«

»Ja, wer?«, stellte sich auch Paul diese Frage.

Hannah hatte die Antwort gleich parat: »Ich!«

»Du?«

»Ja, ich bin dabei und übernehme den Job als Springer. Wenn es eng wird, werde ich aktiv. Wenn nicht, halte ich mich unauffällig im Hintergrund.«

»Aber der Zutritt ist Außenstehenden nicht gestattet«, wandte Paul ein. »Du hast im Gegensatz zu uns anderen keine Funktion.«

»Dann gebt mir eine! Wenn so viele Leute zu bewirten sind, braucht man helfende Hände. Jan-Patrick soll mich als Aushilfe mitnehmen. Meinetwegen auch als Bedienung. Im Studium habe ich ab und zu gekellnert, weiß also, wie das geht. Ich bin sicher, da schöpft niemand Verdacht.«

Wo sie recht hat, hat sie recht, dachte Paul und streckte seine Hand aus. Hannah schlug ein.

In diesem Moment kam Katinka zurück, sah in ihre bewegten Gesichter und wunderte sich: »Nanu, habe ich etwas verpasst?«

»Noch nicht.« Paul biss in einen Lebkuchen. Kauend sagte er: »Aber viel länger hätten wir nicht gewartet.«

12

Das konspirative Treffen fand in einem Hinterzimmer des *Goldenen Ritters* statt, einem dunklen, von mächtigen Balken dominierten Raum, den normalerweise Schafkopfrunden in Beschlag nahmen. Hier waren sie unter sich und konnten ungestört reden.

Jan-Patrick hatte Gläser bereitgestellt, dazu einige Flaschen Wasser und Bier. Nach Paul traf Hannes Fink ein, der noch Ornat trug. Hannah kam etwas verspätet.

Nachdem sie sich begrüßt und alle Platz genommen hatten, eröffnete Paul die Besprechungsrunde. Er hatte einen Block mitgebracht, auf dessen Blättern er einige Skizzen angefertigt hatte. Sie waren aus seiner Erinnerung heraus entstanden und zeigten in etwa den Grundriss der Klinik, zumindest die Teile davon, die Paul während seines Besuchs zu Gesicht bekommen hatte.

»Hier vorn ist der Empfang«, erklärte er und deutete mit seinem Zeigefinger auf die entsprechende Stelle. »Als wir dort auf Dr. Herzog warteten, konnte ich einen kurzen Blick in einen großen Raum werfen. Oder vielmehr Saal. Ich gehe davon aus, dass die Feier dort stattfinden wird. Wie ihr seht, ist es nicht besonders weit bis zum Ausgang.«

Fink klemmte eine Lesebrille auf die Nase und folgte Pauls Fingerzeig. »Du gehst also davon aus, dass die Patienten aus der geschlossenen Abteilung für diesen einen Abend ihren Bereich verlassen dürfen. Ein großer Vorteil für uns.«

»Ja«, bekräftigte Jan-Patrick, der durch seine früheren Cateringaufträge die Gepflogenheiten bereits kannte. »Paul hat richtig getippt: Das Weihnachtsessen findet immer dort statt. In der geschlossenen Abteilung gibt es offenbar nur kleinere Aufenthaltsräume, also lässt man diese Patienten im großen Saal mitfeiern. Jedenfalls dann, wenn es die Verfassung dieser Leute erlaubt.«

»Es dürfen also gar nicht alle dabei sein?«, fragte Hannah. »Wenn das nicht garantiert ist, steht der Plan auf tönernen Füßen.«

»Dieses Risiko müssen wir eingehen«, meinte Paul. »Falls Sanders nicht dabei sein sollte, müssen wir eben gute Miene zum bösen Spiel machen und uns später etwas ausdenken. Ich baue aber darauf, dass er dabei sein wird, ausgeschlossen werden bestimmt nur die ganz harten Fälle.«

»Wie auch immer: Die Sicherheitsvorkehrungen werden nicht unerheblich sein«, mutmaßte Hannes Fink.

Auch das konnte Jan-Patrick bestätigen: »Die fahren für den Abend fast ihr ganzes Personal auf. Einerseits um mitzufeiern, aber natürlich auch, um ihre Schützlinge im Auge zu behalten.«

»Daher starten wir unser doppeltes Ablenkungsmanöver«, gab sich Paul optimistisch: »Hannes wird eine mitreißende Predigt halten, die alle in ihren Bann zieht. Und dann platzt Jan-Patrick mit seiner ›Bombe Surprise‹ herein. Mal ganz abgesehen von der Wirkung, die die Hilfskellnerin Hannah auf die Pfleger haben wird.«

»Sexist«, schalt sie ihn.

Paul quittierte das mit einem Grinsen. »Du weißt, wie ich das meine. Wir alle müssen unser Bestes geben, um von unserem eigentlichen Vorhaben abzulenken.« Er wandte sich an Jan-Patrick: »Erzähl uns von der Weihnachtsgans. Was genau hast du vor?«

Daraufhin räusperte sich Jan-Patrick und holte aus: »Es ist nicht ganz einfach, andererseits auch kein Hexenwerk: Ich tausche die Füllung aus. Normalerweise gebe ich Äpfel, geviertelte Zwiebeln und Beifuß in die Gans und nähe sie mit Küchengarn zu. Diesmal bleibt der Bauchraum leer: Nach dem Braten präpariere ich die Bauchhöhle mit Tischfeuerwerk und versehe die Kruste mit entsprechenden Auslässen. Das klingt vielleicht nicht sonderlich appetitlich, dürfte aber für den gewünschten Effekt sorgen.«

»Sehr gut, so habe ich mir das vorgestellt«, sagte Paul zufrieden. »Gibt es von euch noch Fragen?«

»Wie geht es danach weiter?«, wollte Jan-Patrick wissen. »Nehmen wir an, es gelingt dir, unbemerkt mit Sanders zu verschwinden und das Klinikgelände zu verlassen. Irgendwann wird das jemand bemerken und Alarm schlagen. Was passiert dann mit uns?«

»Eine wichtige Frage«, sagte Paul und blickte in die Runde. »Euch muss bewusst sein, dass wir im Begriff sind, eine Straftat zu begehen. Wahrscheinlich sogar mehrere. Dennoch bin ich überzeugt, dass die Sache gut für uns ausgehen wird, wenn wir das Unrecht, gegen das wir vorgehen, erst einmal aufgedeckt haben.« Er legte eine Pause ein, um auf Reaktionen zu warten, doch es blieb still. »Davon abgesehen sind eure Aufgaben an sich ja harmlos: Hannes predigt, du bereitest dein Essen zu, und Hannah geht dir dabei zur Hand. Niemand von euch kommt auch nur in die Nähe von Sanders, darauf könnt ihr euch notfalls berufen.«

»Okay, aber dann gibt es ja noch die Hintermänner, die Sanders' Einweisung in die Anstalt bewirkt haben«, gab Jan-Patrick zu bedenken. »Müssen wir vor denen keine Angst haben?«

»Ich denke nicht«, antwortete Paul. »Diese Leute – wer immer sie auch sein mögen – ahnen nichts von unserem Plan. Und wenn wir die Sache erst einmal durchgezogen haben, ist es für sie zu spät, etwas zu unternehmen.«

»Um noch mal auf den Ablauf des Abends zurückzukommen: Was, wenn die sich in der Klinik nach dir erkundigen?«, fragte Jan-Patrick. »Immerhin habe ich dich mitgebracht. Die wollen sicher wissen, wo du auf einmal geblieben bist.«

»Dann sagst du, dass ich früher gehen musste, um im *Goldenen Ritter* auszuhelfen. Wenn wir mit zwei Autos anreisen, ist das plausibel.«

»Trotzdem wird die Klinikleitung es nicht hinnehmen, wenn einer ihrer Patienten wie vom Erdboden verschluckt ist«, gab Hannah zu bedenken. »Sie werden auf die Suche gehen. Zunächst das ganze Haus auf den Kopf stellen und dann den Garten durchkämmen. Wenn auch das nichts hilft, rufen sie bestimmt die Polizei.«

»Möglich«, sagte Paul noch immer sehr gelassen. »Aber das kostet alles Zeit. Zeit, die ich nutzen werde, um Sanders mit der Presse zusammenzuführen. So kann er seine Geschichte erzählen, von der Erfindung berichten und das Komplott gegen ihn aufdecken. Dann gibt es kein Zurück mehr, denn wenn erst einmal alles öffentlich ist, können selbst Großkonzerne nichts mehr ausrichten.«

»An welche Presse hast du gedacht?«, fragte Hannes Fink mit einer gewissen Ahnung im Blick. »Mitten in der Nacht haben die Redaktionen geschlossen.«

In diesem Moment klopfte es an der Tür. Eine dürre, blasse Gestalt im sandfarbenen Trenchcoat schob sich in den Raum.

»Ich darf noch jemanden in unserem Team begrüßen«, verkündete Paul. »Unser Mann fürs Grobe: Boulevardreporter Victor Blohfeld.«

13

Ein mulmiges Gefühl begleitete Paul, als er den VW Caddy mit dem geschwungenen Schriftzug *Goldener Ritter* über die Serpentinen der Fränkischen Schweiz lenkte. Neben ihm saß Hannah, die sich auch nicht sehr wohl in ihrer Haut fühlte. Zumindest gab sie während der Fahrt keinen Laut von sich.

Jan-Patrick war schon vor einiger Zeit gefahren, um die Ausstattung für das Büfett aufzubauen und die kalten Speisen abzustellen. Die Boxen mit den warmen Gerichten hatten Paul und Hannah an Bord.

Die Uhr zeigte auf kurz nach sechs am frühen Abend. Um diese Jahreszeit bedeutete das stockfinstere Nacht. Wald und Felsen, die sie umgaben, verschwanden nahezu vollständig im Dunkeln. Nur der Schnee, der das Scheinwerferlicht reflektierte, sorgte dafür, dass sie sich zurechtfanden. Paul ließ den VW im Kriechtempo über die glatte Fahrbahn rollen, und doch verpassten sie um ein Haar die Abfahrt zur Felsenwaldklinik.

Als Paul es bemerkte, riss er das Steuer herum. Obwohl der Tacho bloß zwanzig Stundenkilometer anzeigte, brach das Heck des Caddys aus und stieß gegen einen Schneehaufen.

»Die armen Gänse«, sagte Hannah mit Blick auf ihre Fracht.

Paul lag es auf der Zunge zu sagen: »Sie werden es überleben.« Er verkniff sich den schlechten Scherz und steuerte den Wagen bis kurz vor das hohe Gittertor, das die freie Zufahrt aufs Klinikgelände verhinderte. Dort blieb er stehen und wandte sich Hannah zu.

»Was meinst du?«, fragte er. »Glaubst du, die Tarnung reicht aus? Immerhin habe ich mich länger mit Dr. Herzog unterhalten. Das ist inzwischen zwar fast zwei Wochen her, aber wenn er ein gutes Personengedächtnis hat und mich erkennt, können wir den ganzen Plan vergessen.«

Hannah musterte ihn prüfend. »Du hast dich seit fast einer Woche nicht rasiert, der Bart verändert deinen Typ komplett. Dazu der blau-weiße Kittel und das neckische Schiffchen auf deinem Kopf. Nein, Paul, keine Bange, dieser Arzt wird nie und nimmer einen Zusammenhang herstellen zwischen einem Hilfskoch und dem Begleiter einer

Angehörigen, den er nur einmal für ein paar Minuten gesehen hat. Wenn du darauf achtest, ihm nicht zu nahe zu kommen, sind wir safe.«

»Sicher?«

Hannah ballte ihre Faust und hielt sie hoch. »Ganz sicher!«

Paul ließ seine Faust gegen ihre stoßen. Dann öffnete er die Wagentür.

Die schneidende Kälte ließ ihn frösteln. Doch die Minusgrade sollten für ihr Vorhaben kein Problem darstellen, eher schon der immer wieder einsetzende Schneefall. Denn wenn Paul später tatsächlich mit Oskar Sanders im Schlepptau fliehen sollte, dürfte er sich nicht lange damit aufhalten, die Windschutzscheibe freizumachen.

An der Sprechanlage gaben sie sich als Personal vom Cateringservice aus, woraufhin sehr schnell der Türsummer erklang. Das erste Hindernis war also genommen.

Als die Tore aufgingen, stiegen sie wieder ins Auto. Paul bugsierte den VW durch die schmale Öffnung in der Mauer. Kaum hatten sie die Einfahrt passiert, schlossen sich die Tore hinter ihnen.

»Wie willst du nachher wieder herauskommen?«, fragte Hannah.

»Ich hänge mich mit dem Cateringwagen an Hannes dran. Der wird sich verabschieden, sobald ich ihm ein Zeichen gebe. Wenn er durchs Tor fährt, klemme ich mich mit Sanders im Gepäck hintendran.«

Die Klinik wirkte bei Dunkelheit nicht ganz so furchteinflößend und bedrohlich, wie Paul es beim letzten Mal empfunden hatte. Das lag daran, dass aus den meisten Fenstern goldgelbes Licht fiel. Vor den steinernen Stufen des Portals stand ein großer Weihnachtsbaum, an dessen Zweigen

Lichterketten glommen. Paul parkte den Wagen direkt neben dem Caddy, mit dem Jan-Patrick gekommen war. Auch der aschgraue Mercedes von Hannes Fink stand schon vor dem Gebäude.

Ihr Team war also vollzählig, stellte Paul zufrieden fest. Nur Blohfeld würde nicht dabei sein, sondern in Nürnberg auf ihre Rückkehr warten. Auch Stella war nicht mit von der Partie. Paul hatte sie zwar über jedes Detail des Fluchtplans informiert, sie war damit vollständig eingeweiht, doch sie verstand, dass sie sich im Hintergrund zu halten hatte, denn ihr Erscheinen hätte ganz sicher für Unruhe gesorgt und Dr. Herzogs Argwohn erregt.

Der freundliche, warme Empfang überraschte Paul: Als Hannah und er mit großen Styroporboxen beladen das Foyer betraten, kamen ihnen zwei Krankenschwestern entgegen und boten an, beim Tragen zu helfen.

Die Atmosphäre war angenehm entspannt. Überall hingen Girlanden und sonstiger Weihnachtsschmuck, aus dem Festsaal drang Klaviermusik, und über allem lag ein wohliger Duft von Tannenzweigen und Kerzenwachs.

Sie betraten den Saal, und Paul musste seine Erwartungen ein weiteres Mal revidieren. Von kalter Krankenhausatmosphäre keine Spur. Die Tische, für rund dreißig Gäste eingedeckt, quollen über vor Weihnachtsdeko. Dazu Porzellangeschirr, Silberbesteck, Kristallgläser und Stoffservietten. Ein weiterer prachtvoll geschmückter Weihnachtsbaum diente als Blickfang. Gleich daneben hatte Jan-Patrick das Büfett aufgebaut. Als er Paul und Hannah sah, winkte er sie zu sich.

»Wie gefällt es dir?«, fragte der Küchenmeister, während er Stövchen unter den silbern glänzenden Warmhalteschalen verteilte.

»Netter als gedacht«, gab Paul zu. »Wann treffen denn die Gäste ein?«

»Kann nicht mehr lange dauern.«

Paul wollte noch fragen, ob die Vorbereitungen für das Ablenkungsmanöver abgeschlossen seien, als Jan-Patricks Körper sich versteifte. »Obacht«, raunte er Paul zu, »der Chef ist im Anmarsch.«

Paul blieb keine Zeit, das Weite zu suchen, denn schon im nächsten Moment stand Dr. Herzog bei ihnen. Seinen Arztkittel hatte er zur Feier des Tages gegen einen dunklen Anzug getauscht. Als weihnachtliches Accessoire trug er eine Krawatte mit kleinen, aufgestickten Rentieren.

Dr. Herzogs Blicke glitten über das Büfett, wanderten dann weiter zu Jan-Patrick und schließlich zu Paul. Für den Bruchteil einer Sekunde meinte Paul ein Blitzen in Dr. Herzogs Augen zu sehen. Hatte er ihn trotz allem erkannt?

Ihr Blickkontakt währte nur kurz, denn Hannah stellte sich zu ihnen und sprach Dr. Herzog an: »Bleibt es bei der vorgesehenen Menüfolge?«, fragte sie und zog damit die Aufmerksamkeit des Doktors auf sich. »Ich frage nur wegen der Suppe. Sie sollte nicht zu lange aufgewärmt werden, sonst verliert sie an Sämigkeit.«

Das war wahrscheinlich Blödsinn, dachte Paul, aber er ergriff die Chance, um sich zurückzuziehen. Mit einer leeren Transportbox unterm Arm eilte er aus dem Festsaal.

»Puh!«, machte er, kaum dass er wieder an der frischen Luft stand. So etwas durfte nicht noch einmal passieren, sonst könnten sie ihre Rettungsaktion beenden, ehe sie überhaupt begonnen hatte.

14

Die Spannung stieg.

Bei den Gästen, die sich langsam einfanden und nach ihren Plätzen suchten. Bei den Pflegekräften, die aufmerksam darauf achteten, dass ein jeder die für ihn angebrachte Betreuung bekam. Bei Paul und seinen Mitverschwörern, die sich bei jedem Neuankömmling fragten, ob es denn nun endlich Oskar Sanders sei.

»Ich habe gleich meinen Auftritt«, sagte Hannes Fink, als Paul mit einem Tablett voller Sektgläser an ihm vorbeiging. Alkoholfreier Sekt, wie ihm mitgeteilt worden war.

Paul blieb stehen, sah den Pfarrer in seiner schwarzen Kutte aber nur aus den Augenwinkeln an. Niemand sollte ahnen, dass sie sich kannten. »Kannst du das noch ein wenig hinauszögern?«

»Wenn die Leute heute Abend ein Essen bekommen sollen, das nicht völlig verschmort ist, dann nicht.«

»Die Qualität des Essens schert mich heute überhaupt nicht«, zischte Paul.

»Das wird Jan-Patrick anders sehen. Immerhin hat er einen Ruf zu verlieren.«

»Fest steht: Wir können mit unserem Programm erst starten, wenn Sanders erschienen ist«, machte Paul deutlich.

Um keinen Argwohn bei möglichen Beobachtern zu erregen, ging er langsam weiter und ließ sich von flanierenden Gästen Gläser abnehmen. Mit dem leeren Tablett kehrte er schließlich hinters Büfett zurück.

»Ist er endlich da?«, erkundigte sich Jan-Patrick, der seine liebe Mühe mit dem Installieren seines Feuerwerks hatte.

»Nein«, antwortete Paul grimmig. »Keine Spur von dem Mann.«

»Können wir etwas tun, um ihn herzuholen?«, fragte Hannah.

»Was denn?«, entgegnete Paul. »Entweder gehört er zu den Patienten, denen die Teilnahme erlaubt wurde, oder wir haben schlicht und einfach Pech gehabt.«

»Du vergisst eine dritte Möglichkeit«, merkte Hannah an. »Vielleicht hat er ganz einfach keinen Bock auf eine Party.«

»Dann wäre alles umsonst gewesen«, gab Paul resigniert von sich.

»Nicht ganz«, blieb Jan-Patrick optimistisch. »Mein Geld fürs Catering bekomme ich auf jeden Fall, und dank eurer ehrenamtlichen Hilfe habe ich sogar Personalkosten eingespart.«

Paul wollte ihm gerade sagen, dass er das angesichts des Ernstes der Lage nur begrenzt witzig finde, da zupfte Hannah ihm am Ärmel seines Kittels.

»Da kommt noch einer«, sagte sie und deutete zum Saaleingang. »Ein später Gast. Vom Alter her dürfte es in etwa hinhauen, oder?«

Paul sah hin. Und tatsächlich: In der Tür stand, unsicher nach links und rechts schauend, Oskar Sanders. Er trug ein weißes Hemd und ein knittriges Sakko, aus dem ein dunkelrotes Einstecktuch ragte. Seine Haare hatte er mehr schlecht als recht gekämmt. Er wirkte nervös und ängstlich.

Unmittelbar hinter Sanders folgte ein Pfleger von der Statur eines Kleiderschranks. Er dirigierte ihn zu einem der Tische und wich auch nicht von seiner Seite, als der alte Herr Platz genommen hatte.

»Offenbar hat er seine eigene Leibwache«, vermutete Jan-Patrick.

Paul sah das genauso. Es würde wohl doch um einiges schwieriger werden, Stellas Vater loszueisen.

Erneut belud er ein Tablett mit Sektkelchen und balancierte sie durch den Raum. Auf Höhe von Hannes Finks Tisch senkte er leicht den Kopf. Für den Pfarrer hieß das, dass er mit seiner Andacht beginnen sollte.

Der reagierte ruckzuck, suchte Dr. Herzog auf und trat anschließend an ein Rednerpult, auf dem das Emblem der Felsenwaldklinik prangte.

»Meine Damen und Herren«, begann er, »liebe Gemeinde. Es ist mir eine besondere Ehre, zu Ihnen sprechen zu dürfen. Manche von Ihnen werden sich womöglich fragen, weshalb ich heute vor Ihnen stehe. Auch wenn es zu meinem Aufgabenbereich gehört und ich dies nicht auf die leichte Schulter nehme, darf das Predigen kein Selbstzweck sein. Als Pfarrer bin ich um das Heil und Wohl meiner Gemeindeglieder besorgt. Ich möchte daher, dass meine Worte Ihnen dabei helfen, neue Kraft aus der Weihnachtszeit ziehen zu können. Denn ich weiß, dass Sie gerade eine entbehrungsreiche Phase Ihres Lebens durchmachen. Umso wichtiger erscheint es mir, einen Weg zu finden, auf dem Sie wieder Hoffnung schöpfen können – und dass Sie verstehen: Gott wird Ihnen zur Seite stehen.«

Paul wusste, dass Hannes Fink es nicht bei Floskeln belassen würde, denn er kannte die Art seiner Predigten. Sie waren voller Leben, mitreißender Anekdoten und Weisheiten, die einem wirklich etwas gaben. Doch heute ließ es Fink bewusst langsam angehen, um Jan-Patrick einen Puffer für seine abschließenden Vorbereitungen zu geben. Sobald er nämlich vom Pult zurücktreten würde, sollte das Büfett eröffnet werden. Paul und Hannah würden dann die Deckel von den Warmhalteschalen nehmen und Jan-Patrick einen Servierwagen nach vorn schieben. Unter einem silbernen Deckel wartete die präparierte Gans auf ihren großen Auftritt. Ein Showeffekt, von dem Dr. Herzog ebenso wenig ahnen konnte wie sein Personal und die Gäste.

15

Die Besucher hingen an den Lippen von Pfarrer Fink, der es wieder einmal fertigbrachte, seinen kirchlichen Auftrag mit den Qualitäten eines begnadeten Entertainers zu kombinieren.

Wie Paul zufrieden feststellte, ließ sich nicht nur Dr. Herzog in seinen Bann ziehen, auch der bullige Pfleger, der am Tisch von Oskar Sanders saß, folgte Finks Worten konzentriert. Seinen Schützling Sanders schien er für den Moment vergessen zu haben.

Sehr gut!, dachte Paul. Zeit für den nächsten Schritt. Betont langsam ging er durch die Reihen, richtete hier eine Tischdecke und nahm dort eine Bestellung für eine neue Flasche Mineralwasser auf. Wenn überhaupt, wurde er dabei nur als Staffage wahrgenommen, weil Fink alle Aufmerksamkeit auf sich lenkte.

So schaffte es Paul, unbehelligt bis an Sanders' Tisch zu kommen. Dort vergewisserte er sich, dass der Pfleger nach wie vor abgelenkt war. Paul ging leicht in die Knie, näherte sich mit seinem Kopf dem von Sanders und flüsterte: »Nicht erschrecken. Ich bin es, Paul, der Freund Ihrer Tochter.«

Trotz der Aufforderung, ruhig zu bleiben, reagierte Sanders heftig: Erst zuckte er zusammen, dann riss er seinen Kopf herum und starrte Paul an.

Paul war alarmiert. Jetzt würde der Pfleger bestimmt reagieren! Doch seine Befürchtungen erfüllten sich nicht. Der korpulente Aufpasser war mit seinen Gedanken ganz woanders und amüsierte sich prächtig über den mitunter etwas derben Humor des Pfarrers.

»Bewahren Sie bitte Ruhe, Herr Sanders«, redete Paul leise weiter und blieb dabei in seiner geduckten Haltung. »Wir werden Sie heute Abend hier herausholen. Halten Sie sich also bereit.«

Doch wenn Paul nicht auffallen wollte, musste er nun zum nächsten Tisch weiterziehen, was er auch tat. Als er sich noch einmal umsah, hatte sich Sanders wieder nach vorn gewandt. Mit zittriger Hand griff er nach seinem Glas und trank ein paar Schlucke.

Paul kehrte zurück zum Büfett.

»Und? Wie hat er reagiert?«, fragte Hannah.

Paul zuckte die Achseln. »Schwer zu beurteilen. Eigentlich gar nicht.«

»Gar nicht?« Viele Fragezeichen standen in Hannahs Gesicht geschrieben.

»Wie soll ich sagen? Er hat sich kurz erschreckt, als ich ihn ansprach. Aber ob er begriffen hat, was ich von ihm wollte, kann ich nicht beurteilen. Ich nehme an, sie haben ihn wieder mit Tabletten vollgepumpt oder ihm eine Spritze verpasst.«

»Na, hoffentlich kann er sich überhaupt auf den Beinen halten, wenn du gleich mit ihm hinausspazierst.«

»Ja«, sagte Paul und spürte die Anspannung in sich aufsteigen. »Hoffentlich.«

Nun galt es abzuwarten. Gebannt wartete Paul darauf, dass Hannes zum Ende kommen würde. Jan-Patrick schien inzwischen so weit zu sein: Mit seiner Kochmütze auf dem Kopf stand er bereit, hatte beide Hände auf die Haltegriffe des Servierwagens gelegt. Sein Blick war entschlossen, alles klar zum Gefecht!

»Danke«, sagte Hannes Fink und füllte mit seiner vollen, tiefen Stimme den Saal mühelos aus. »Ich wünsche Ihnen allen ein frohes und gesegnetes Weihnachtsfest, wenn auch fernab Ihrer Lieben. Gott sei mit Ihnen.«

Das war das Stichwort! Paul nickte Hannah zu, die die Deckel der Schalen anhob. Paul tat es ihr gleich, woraufhin der Duft nach Blaukraut mit Lorbeer in seine Nase stieg.

Das Scheppern der Schalen wiederum rief Jan-Patrick auf den Plan: »Das Büfett ist eröffnet!«, verkündete er und rollte seinen Wagen in die Saalmitte. Alle Blicke richteten sich nun auf ihn.

Paul hielt den Atem an, während er verfolgte, was vor sich ging. Zunächst wurde es ganz still. Jeder wollte wissen, was als Nächstes passieren und was sich unter der silbernen Haube befinden würde.

Jan-Patrick zelebrierte seinen Auftritt, indem er zunächst ein weißes Küchentuch lüftete, das über der Bedeckung drapiert war, und kunstvoll in seine Armbeuge legte. Anschließend umrundete er den Servierwagen und umfasste mit seiner rechten Hand demonstrativ den Knauf, mit dem sich die Haube anheben ließ.

Für Paul war es jetzt an der Zeit zu handeln. Möglichst ohne hektische Bewegungen verließ er seinen Platz hinter dem Büfett und schlich sich seitlich an der Wand entlang. Während Jan-Patrick den Zeremonienmeister spielte, hielt Paul langsam, aber stetig auf sein Ziel zu: den Tisch von Oskar Sanders.

Wie ein Schatten folgte ihm Hannah, um gegebenenfalls Hilfestellung zu leisten. Sie kamen bis auf zwei Meter an den Tisch heran, hielten sich mit dem nächsten Schritt jedoch zurück. Erst einmal musste Jan-Patrick seine Bombe zünden.

Während Paul darauf wartete, hielt er nach Hannes Fink Ausschau. Der hatte sich wie verabredet an Dr. Herzog gehängt und redete auf ihn ein. Gerade teilte er ihm wohl mit, dass er sich für den Abend bedanke, am Essen aber leider nicht mehr teilnehmen könne.

»Voilà!«, rief Jan-Patrick und hob die Kuppel über dem Braten an. Ein Raunen ging durch die Menge, als das erste von mehreren Prachtexemplaren einer fränkischen Bauerngans zum Vorschein kam. Tiefbraun und knusprig, üppig, rund und so groß, als könnte allein von dieser einen Gans eine Schulklasse satt werden.

Noch während die Gäste dieses Musterbeispiel einer Weihnachtsgans bewunderten, zündete Jan-Patrick das im Inneren verborgene Tischfeuerwerk. Es knallte im gesamten Raum ohrenbetäubend laut, dann stoben Funken in grellem Gelb, Rot und Blau auf. Der Wagen schien sich geradezu in einen Schützenpanzer zu verwandeln, der aus vollen Rohren schoss. Wieder knallte es mehrmals hintereinander, eine funkelnde Fontäne aus glühenden Sternen folgte.

»Oh!«, riefen die Leute und »Ah!«.

Einige sprangen auf, andere klatschten begeistert in die Hände.

Paul war bewusst, dass der große Moment gekommen war.

Sein Einsatz!

Jetzt oder nie!

16

Paul überwand seine letzten Skrupel, bahnte sich seinen Weg durch den Nebel der Wunderkerzen und vorbei an den verzückten Gästen. Hannah ließ ihm einen kurzen Vorsprung, um dann zu folgen. Obwohl sie sehr schnell gingen, beinahe rannten, nahm niemand Notiz von ihnen – herumeilende Kellner waren an diesem Abend nichts Ungewöhnliches.

Wieder trat Paul hinter den Stuhl des Physikers und beugte sich hinunter. »Herr Sanders. Bitte stehen Sie auf und folgen Sie mir.«

Sanders' Reaktion fiel ähnlich aus wie vor ein paar Minuten: ein Zucken, gefolgt von ungläubigen Blicken. Er wirkte desorientiert, unfähig zu eigenständigem Handeln.

Paul sah sich Hilfe suchend um. Hannah stand bereit und wusste, was zu tun war: Während Paul weiter auf Sanders einredete, um ihn zum Aufstehen zu animieren, sprach Hannah den Pfleger an, der sich kaum von Jan-Patricks Tischfeuerwerk losreißen konnte. Sie tat so, als wollte sie den Tisch abräumen, verschüttete den Inhalt eines Glases auf seinem weißen Kittel und entschuldigte sich vielmals. Mit einem Tuch versuchte sie, an dem Stoff zu reiben. Der Pfleger war hin- und hergerissen, ob er weiter auf die explosive Gans oder auf Hannah achten sollte.

Für Sanders hatte er jedenfalls kein Auge übrig. Da der alte Mann nicht zum Aufstehen zu bewegen war, fasste Paul ihn kurzerhand in der Armbeuge und zog ihn hoch. Während Jan-Patrick die nächsten Böller krachen ließ, konnte Paul sehen, wie Hannes Fink den Saal verließ.

Genauso war es geplant, dachte Paul. Jetzt musste er dem Pfarrer nur noch nach draußen folgen. Sein Begleiter erwies sich allerdings als äußerst störrisch.

»Was wollen Sie von mir?«, fragte Sanders, kaum dass sie sich zwei Meter von dem Tisch entfernt hatten. »Lassen Sie mich!«, forderte er und versuchte sich aus Pauls Griff zu lösen.

»Alles ist gut«, sagte Paul und blickte sich besorgt nach dem Pfleger um. Hannah hielt ihn in Schach. Aber wie lange noch?

»Ich kenne Sie nicht.« Sanders sträubte sich weiterzugehen.

»Aber ja! Denken Sie sich den Bart und das Kellneroutfit weg. Ich bin Paul Flemming. Stella und ich haben Sie vor zwei Wochen besucht.«

»Nein, ich kenne Sie nicht.«

»Stella lässt Sie herzlich grüßen«, sagte Paul so überzeugend wie möglich. »Sie freut sich auf Sie. Kommen Sie mit mir, und Sie können Weihnachten gemeinsam mit Ihrer Tochter feiern.«

»Ich kann Sie nicht begleiten. Das ist unmöglich. Dr. Herzog sagt ...«

»Vergessen Sie Dr. Herzog! In ein paar Minuten sind wir hier raus. Sie müssen also nicht länger in dieser Klinik bleiben.«

»Doch, ich muss. Meine Behandlung ist nicht abgeschlossen. Fragen Sie ...«

Paul hatte keine Zeit für längere Diskussionen. Er konnte nicht anders, als Gewalt anzuwenden. Mit energischem Griff trieb er Sanders zum Weitergehen an.

»Au, Sie tun mir weh«, beschwerte sich Sanders so laut, dass es auch andere hätten hören können.

Glücklicherweise hatte Jan-Patrick sein Pulver noch nicht verschossen. Abermals erhellte prasselnder Funkenregen den Saal. Beifall brandete auf, dazu Pfiffe und Bravo-Rufe.

Noch war also für Zerstreuung des Publikums gesorgt. Doch verblieben nur wenige Minuten. Daher trieb Paul seinen unfreiwilligen Begleiter zur Eile an: »Kommen Sie, Herr Sanders. Wir müssen weiter!«

Inzwischen hatten sie immerhin das Foyer erreicht. Das Schlimmste war überstanden, glaubte Paul.

»Ich kenne Sie nicht«, wiederholte Sanders gebetsmühlenartig, doch seine Widerstandskraft ließ nach. Wie ferngesteuert taumelte er neben Paul her.

Sie ließen den Lärm und Rauch hinter sich und gingen am Empfangstresen vorbei, der heute Abend nur mit einer sehr jungen Frau besetzt war. Eine Schwesternschülerin, wie Paul annahm. Sie interessierte sich mehr für ihr Smartphone als für Paul und seinen Begleiter und hatte für beide nur einen flüchtigen Blick übrig.

»Schönen Abend noch«, sagte sie, ohne vom Handy aufzublicken. Offenbar hatte sie nur Pauls Kellnerdress wahrgenommen, nicht aber, dass einer der Patienten an seiner Seite war.

Paul atmete auf, als sie den Ausgang erreichten. Fast geschafft, dachte er und legte seine Hand auf die Türklinke.

In diesem Augenblick hörte er jemanden seinen Vornamen rufen.

17

Paul war wie vom Donner gerührt. Dutzende Fragen schossen gleichzeitig durch seinen Kopf: Was war schiefgelaufen? Wer hatte ihre Flucht bemerkt? Woher kannte derjenige seinen Namen?

Paul handelte instinktiv, zog die Tür des Haupteingangs einen Spaltbreit auf und schob Sanders nach draußen. Erst als er ihn in Sicherheit wähnte, drehte er sich um.

Einer der Pfleger kam auf ihn zu – zwar nicht der Muskelprotz, der auf Oskar Sanders aufpassen sollte, doch auch dieser Mann konnte zu einem Problem für ihn werden. Er näherte sich zielstrebig, während Paul fieberhaft darüber nachdachte, was er unternehmen konnte, um ihn so schnell wie möglich wieder loszuwerden.

Erst als der Mann fast vor ihm stand, nahm Paul wahr, was er in der Hand hatte.

»Ich glaube, den brauchen Sie«, sagte der Pfleger mit einem Augenzwinkern und hielt Paul einen Autoschlüssel hin.

»Ich, ähhh …«, stammelte Paul.

»Den Schlüssel habe ich von Ihrer Kollegin. Sie sind doch Paul, oder?«, fragte der Betreuer.

»Ja«, sagte Paul und versuchte, seine Nervosität zu verbergen.

»Dann ist ja alles gut. Wissen Sie: Die Kollegin war schon auf dem halben Weg hierher, aber sie hat ja sicherlich anderes zu tun. Deswegen habe ich ihr den Schlüssel abgenommen, um das für sie zu erledigen. Da frage ich gar nicht groß, ist für mich selbstverständlich.«

»Oh ... danke.«

»Übrigens: sehr nett, ganz mein Typ. Aber ihren Namen wollte sie mir nicht verraten. Sagen Sie ihn mir?«

»Den Namen der Kollegin?«, fragte Paul perplex und schloss seine Finger fest um den Schlüssel.

»Ja. Die mit den süßen Löckchen. Ein echter Rauschgoldengel.«

»Emma«, nannte Paul den nächstbesten Namen und zog sich mit einem gezwungenen Lächeln zurück. Dabei stellte er sich vor, wie Hannah darauf reagieren würde, wenn ihr neuer Verehrer sie so anreden würde.

Sanders stand wie angewurzelt vor der Tür. Die wenigen Sekunden, die er sich draußen allein aufgehalten hatte, hatten gereicht, um sein Jackett mit einer Puderschicht aus Neuschnee zu überziehen.

Paul nahm sich seiner wieder an, um ihn die Stufen des Portals hinabzudirigieren. Der VW Caddy des *Goldenen Ritters* stand nur einen Steinwurf von ihnen entfernt. Gleich daneben warf Hannes Fink den Motor seines Mercedes an. Paul sah die roten Hecklampen aufleuchten. Noch immer verlief also alles nach Plan.

»Los geht's!«, forderte er Sanders auf.

Doch der schien noch immer nicht zu begreifen, was auf dem Spiel stand. Mit tumbem Blick blieb er stehen, wo er war, und rührte sich nicht vom Fleck.

»Wir müssen jetzt wirklich los«, sagte Paul eindringlich und legte seine Hand auf den Rücken des alten Mannes.

In diesem Moment hörte er hinter sich ein Geräusch.

Schritte! Jemand näherte sich der Tür!

Paul reagierte sofort und schob Sanders in den Schatten einer der Säulen, die das Portal flankierten. Keine Sekunde zu früh, denn im nächsten Augenblick erschien einer der Pfleger.

Paul fuhr der Schreck durch alle Glieder. Wurde Sanders etwa bereits vermisst?

Aber nein, der Mann schien es nicht auf ihn abgesehen zu haben. Im Gegenteil: Als er Paul sah, setzte er ein Lächeln auf, stellte sich neben ihn und zog eine Packung Zigaretten aus seiner Tasche.

»Na, auch ein Päuschen?«, sprach er Paul an und hielt ihm die Schachtel hin.

Paul war bemüht, sich die Erleichterung nicht anmerken zu lassen. Obwohl überzeugter Nichtraucher, griff er zu und ließ sich Feuer geben.

»Schöne Party«, meinte der Pfleger und blies den Rauch aus.

»Ja«, sagte Paul und unterdrückte ein Husten.

»Die Leute haben ihren Spaß. Mal was anderes als Therapien und Langeweile. Vor allem das mit dem Feuerwerk war eine klasse Idee. Bringt Schwung in die Bude.«

Paul sorgte sich um Sanders, der zwar für den Moment noch im Verborgenen blieb, sodass der Pfleger ihn nicht sehen konnte – doch wie lange würde sich der alte Mann still verhalten?

»Euer Essen ist auch okay«, plauderte der andere munter weiter. »Bist du eigentlich auch Koch oder ne Aushilfe?«

»Kellner«, blieb Paul wortkarg.

»Ach so. Na dann.« Der Pfleger nahm einen tiefen Zug von seiner Zigarette. Die Asche rieselte zu Boden und versank im Schnee. »Manchmal überlege ich auch, was anderes anzufangen.«

»So?« Paul hoffte, dass sein Gesprächspartner die Zigarettenpause bald beenden würde.

»Ja, im Ernst. Als Pflegekraft verdienst du nicht die Welt, und der Job ist hart. Ich kann dir sagen: Manche von unseren Patienten können dich echt in den Wahnsinn treiben.« Er lachte. »Verstehst du?«

Auch Paul bemühte sich um so etwas wie ein Lachen. »Dann wärst du ja an der richtigen Adresse.«

»Genau!« Der Pfleger nahm amüsiert den letzten Zug, dann schnipste er die Kippe ins Dunkel der Nacht.

Gott sei Dank, dachte Paul und beobachtete mit Sorge, wie die Rücklichter von Hannes Finks Mercedes immer kleiner wurden. Bald würde der Pfarrer das Tor erreicht haben. Zwar hatte Fink die Anweisung zu warten, bis die Scheinwerfer von Pauls Wagen hinter ihm auftauchten, und erst dann das Ausfahrtstor zu passieren, doch ewig konnte er seine Abfahrt nicht hinauszögern.

»Wie ist das so als Kellner?«, fragte der Pfleger unvermittelt. »Ich meine: Was springt da an Kohle rüber?« Während er diese Frage stellte, fingerte er eine zweite Zigarette aus der Packung.

Auch das noch! So würde er diesen Kerl nie loswerden.

»Für einen wie dich ist so eine Feier ja Arbeitszeit«, wechselte Paul das Thema. »Musst bestimmt auf deine Leute aufpassen. Für wen bist du denn zuständig?«

»Für den ›Club der alten Damen‹. Der Tisch gleich neben dem Büfett.«

»Ach ...« Paul kräuselte die Stirn. »Die grauhaarigen Ladys. Eine von denen hatte sich vorhin zu uns ins Hinterzimmer verirrt. Hast du sie schon wieder eingefangen?«

»Was?« Der Pfleger ließ seine Zigarette sinken. »Wen meinst du? Eine dürre mit dunkelblauer Jacke? Die mit dem komischen Hut?«

Paul nickte.

»Elsa!«, stieß der Mann aus und wirkte mit einem Mal gar nicht mehr entspannt. »Das darf nicht wahr sein. Immer wieder macht sie Ärger!« Er schmiss die unangezündete Zigarette in den Schnee und drehte sich um. »Sorry, ich muss los«, sagte er und ging zurück ins Haus.

18

Gerade noch mal gut gegangen! Paul umrundete die Säule und zog Sanders aus seinem düsteren Versteck. Er wirkte steif, wie eingefroren. Kein Wunder bei den frostigen Temperaturen.

»Auf geht's!«, mühte sich Paul um einen aufmunternden Tonfall. Sanders' Mimik blieb unbewegt.

Da er es nicht riskieren konnte, länger wie auf dem Präsentierteller vor dem Portal zu verharren, zog er seinen Schützling mit sich die Treppe hinunter. Sanders ließ sich ohne Gegenwehr führen. Die Tabletten, die man ihm verabreicht hatte, wirkten offenbar noch immer.

Als sie das Auto erreichten, war von Finks Mercedes nichts mehr zu sehen. Die Finsternis hatte die letzten dünnen Strahlen seiner Rücklichter geschluckt. Paul konnte nur hoffen, dass Hannes Wort hielt und Zeit schindete, bevor er das Klinikgelände verließ. Andernfalls wären sie aufgeschmissen.

Er schloss die Wagentür auf, musste aber mehrfach am Griff rütteln, bevor er sie öffnen konnte, und platzierte Sanders auf dem Rücksitz.

»Legen Sie sich flach hin. Eine Vorsichtsmaßnahme, damit man Sie nicht erkennen kann«, ordnete Paul an.

Sanders schien ihn entweder nicht gehört oder nicht verstanden zu haben. Zwar nahm er auf dem Rücksitz Platz, blieb aber stocksteif sitzen. Daraufhin versuchte Paul ihn mit sanftem Druck dazu zu bewegen, sich zur Seite fallen zu lassen. Sanders aber widerstand und dachte gar nicht daran.

»Dann eben nicht«, ärgerte sich Paul und ließ die Tür zuschnappen.

Als Nächstes musste er die Windschutzscheibe vom Schnee befreien. Wieder etwas, das ihn aufhielt. Während er mit dem Eiskratzer beschäftigt war, warf er immer wieder Blicke in Richtung Haupteingang. Lange konnte es nicht mehr dauern, bis die Häscher auftauchen und nach dem abgängigen Patienten suchen würden.

Er warf den Kratzer in den Fußraum des Wagens und startete die Zündung. Kaum saß er am Steuer, beschlug die Scheibe von innen. Er schaltete die Lüftung auf die höchste Stufe und ließ gleichzeitig den Scheibenwischer arbeiten. Doch die Sicht nach außen blieb miserabel.

»Verdammt, verdammt, verdammt!«

»Was machen Sie mit mir?«, meldete sich Sanders wieder zu Wort. »Wo wollen Sie mit mir hin?«

»Das habe ich Ihnen doch erklärt«, antwortete Paul mit wachsender Ungeduld. »Ihre Tochter schickt mich. Wir holen Sie hier raus.«

»Sie holen mich raus? Aber meine Behandlung ist nicht abgeschlossen ...«

Paul ignorierte den Einwand, es hatte keinen Zweck, darauf einzugehen.

Mithilfe eines Tuchs, das Paul im Seitenfach der Fahrertür fand, wischte er das Glas so weit frei, dass er die Umgebung zumindest schemenhaft erahnen konnte.

Er trat aufs Gaspedal, woraufhin die Reifen des Caddys durchdrehten.

»Na toll!« Er versuchte es noch einmal mit mehr Gefühl.

Es gelang ihm zu wenden. Das Gebläse immer noch auf Hochtouren laufen lassend und weit nach vorn gebeugt, steuerte er den Wagen auf den Weg Richtung Ausgang – oder zumindest auf das, was er dafür hielt. Denn die Landschaft, die in den Lichtkegeln der Autoscheinwerfer auftauchte, bestand aus nichts als einer einheitlichen weißen Fläche.

Trotzdem kämpfte er sich bis zum Ausgang durch. Im Scheinwerferlicht sah er zunächst die Umrisse der Mauer auftauchen, dann rückte das hoch aufragende Tor in sein Blickfeld.

Paul atmete auf. Doch seine Freude darüber, dass er es bis hierher geschafft hatte, wurde jäh getrübt: Er fand die beiden Torflügel geschlossen vor – und von Hannes Finks Mercedes war nichts zu sehen außer ein paar verwischten Spuren im Schnee.

19

»Verdammt, verdammt, verdammt!«, wütete Paul und schlug mit beiden Händen auf das Steuer. Er hatte es so weit gebracht – und jetzt das!

All die Mühe war umsonst gewesen. Denn hier, vor dem laternenbeschienenen Tor, saßen sie fest wie die Maus in der Falle und waren noch dazu weithin zu sehen. Sobald in der Klinik Alarm geschlagen wurde – und das konnte nicht mehr lange dauern! –, würden sie auffliegen.

Was tun? Paul überlegte zurückzufahren und nach einem anderen Ausweg zu suchen. Doch die Seitenwege lagen unter einer tiefen Schneeschicht vergraben, sodass Paul befürchten musste, trotz Winterbereifung steckenzubleiben.

»Was ist denn los?«, erkundigte sich Sanders und beugte sich vor.

Paul drehte sich nach ihm um und presste ihn mit sanftem Druck zurück auf den Sitz. »Nichts«, sagte er und kämpfte gegen die Verzweiflung an. »Bloß eine kleine Verzögerung.«

»Wenn Sie sich meinetwegen sorgen: Ich glaube wirklich, dass ich in der Klinik besser aufgehoben bin.«

»Das hat sich neulich aber ganz anders angehört.«

»Die Ärzte haben mich überzeugt«, sagte Sanders mit flacher Stimme. »Ich habe einen kranken Geist und brauche Pflege.«

Die Ärzte hatten ihn wohl eher mithilfe Dutzender Spritzen einer Gehirnwäsche unterzogen, dachte Paul.

Gerade wollte er den Rückwärtsgang einlegen, um sein Glück doch an anderer Stelle zu versuchen, als er auf zwei weiße Lichter aufmerksam wurde. Sein Herzschlag beschleunigte sich.

Waren das Taschenlampen?

Kamen sie etwa schon?

Erst beim näheren Hinsehen erkannte er, worum es sich wirklich handelte: die Lichter eines Autos, das zwischen zwei großen Fichten parkte. Es hatte dort im Schatten der Bäume gestanden, so versteckt, dass Paul es bis eben nicht bemerkt hatte.

Nun aber sah er es – und atmete erleichtert auf. Hannes Fink hatte abseits des Weges auf ihn gewartet. Nun manövrierte er seinen Mercedes zurück auf den Hauptweg und hielt neben Pauls Wagen an. Er ließ sein Fenster herunter, Paul auch.

»Ich habe echt gedacht, dass du mich sitzen lässt«, rief Paul dem Pfarrer zu.

»Ernsthaft? Was hältst du von mir?«, tat dieser empört. »Was macht denn unser Schützling? Alles gut?«

Noch einmal sah sich Paul nach Sanders um. Dieser blickte ihn aus seltsam leeren Augen an.

»So weit ja. Aber es wird eine Weile dauern, bis er von den Drogen runter ist, die diese Leute ihm verpasst haben. Das Interview mit Blohfeld müssen wir wohl auf morgen früh verschieben.«

»Dann wollen wir keine Zeit verlieren und dafür sorgen, dass der Mann ins Bett kommt und sich ausschlafen kann«, bestimmte Fink und setzte sein Auto vor. An der im Mauerpfosten eingelassenen Sprechanlage meldete er sich und bat darum, das Tor für ihn aufzufahren.

Paul lenkte den Caddy derweil bis dicht hinter den Mercedes. Die Autos standen jetzt Stoßstange an Stoßstange.

Ungeduldig trommelte er mit den Fingern auf das Steuer, in der Erwartung, die Gitter würden sich jeden Moment öffnen. Doch es tat sich nichts.

Nervös sah Paul auf seine Uhr. Es konnte nicht gut sein, dass sie das Klinikareal noch immer nicht verlassen hatten. Mittlerweile zählte jede Minute.

Doch die Tore bewegten sich nicht. Keinen Millimeter. Warum dauerte das bloß so lange?

Paul reckte seinen Hals, um mehr von dem mitzubekommen, was sich an der Pforte abspielte. Er beobachtete Fink dabei, wie er sich mit dem Oberkörper halb aus dem Fenster lehnte und mit demjenigen redete, der am anderen Ende der Sprechanlage saß.

Offenbar gab es ein Problem. Paul ahnte, welches: Sanders' Fehlen musste einen Alarmplan ausgelöst haben, der vorsah, dass niemand das Grundstück verlassen durfte. Auch Pfarrer Fink nicht, selbst wenn er mit noch so vielen guten Worten auf den Mann oder die Frau an der Sprechanlage einredete.

Paul schnürte es die Kehle zusammen. Was konnte er jetzt noch tun, um einen bösen Ausgang abzuwenden?

»Warten Sie bitte einen Moment«, schärfte er Sanders ein und öffnete die Tür. Er wollte zu Fink gehen, um sich mit ihm abzustimmen. »Bin gleich wieder da.«

Er setzte seinen Fuß in den Schnee und merkte, wie erledigt er war. Die Anspannung setzte ihm zu, seine Beine fühlten sich an, als wären sie aus Gummi.

Schwerfällig stapfte er bis zur Fahrertür des Mercedes und beugte sich zu Hannes Fink hinab. »Was ist los?«, fragte er so leise, dass es durch die Sprechanlage nicht zu hören war. »Sind wir aufgeflogen?«

Fink schüttelte den Kopf.

»Sondern?«

Noch immer schüttelte der Pfarrer den Kopf. »Sie kriegen das vermaledeite Tor nicht auf.« Er wirkte, als könnte er ihr Pech selbst nicht glauben. »Die Mechanik klemmt.«

Paul sah ihn ratlos an. »Auch das noch. Und nun?«

»Sie wollen jemanden schicken, der sich darum kümmert.«

»O nein! Das darf nicht passieren.«

»Ich habe versucht, es zu verhindern. Leider nicht sehr erfolgreich. Der Hausmeister macht sich gleich auf den Weg.«

Paul richtete sich auf und blickte sich um. Aus der Ferne konnte er sehen, wie sich die Kliniktür öffnete und ein

Mann ins Freie trat. In der Hand hielt er so etwas wie einen Werkzeugkoffer.

Kaum eine Minute, bis er bei ihnen eintreffen und Paul und Sanders entdecken würde. Die Situation schien aussichtslos.

20

Hannes machte den gleichen mutlosen Eindruck. »Das Spiel ist aus«, stand in seinem Gesicht geschrieben.

»Woran kann es liegen, dass das Tor klemmt?«, fragte Paul und suchte die Eisenkonstruktion im Licht der Autoscheinwerfer ab.

»Weiß nicht, ich bin ja kein Mechaniker. Gleich werden wir es ja erfahren – wenn der Hausmeister da ist.«

»So weit wird es nicht kommen!«, gab sich Paul kämpferisch und suchte das Tor ab. Vielleicht steckte ja irgendwo ein gebrochener Ast fest. »Wir müssen vermeiden, dass dieser Hausmeister mich hier sieht«, versuchte Paul seinem Freund den Ernst der Lage begreiflich zu machen. »Mit Sanders im Gepäck wird er mich hier nie im Leben rauslassen.«

»Aber was willst du denn tun?«

Paul gab keine Antwort. Stattdessen konzentrierte er sich nun auf den Boden. Seine Blicke richteten sich dorthin, wo sich zwei kleine Rollen, die Last des Tores tragend, in Bewegung setzen sollten. Wie Paul feststellte, konnten sie das nicht – der feste Packschnee hinderte sie daran.

»Es ist ganz einfach«, rief er mit frischer Hoffnung. »Wir müssen den Schnee beiseiteschaffen! Die Rollen stecken fest!«

Kaum hatte er ausgesprochen, machte er sich ans Werk. Mit dem rechten Fuß schob er die feste Schneedecke so gut es ging zur Seite. Dann bearbeitete er die Rollen mit der Schuhspitze – so lange, bis kleine Eisbrocken aus den Lagern platzten.

»Jetzt müsste es funktionieren! Drück die Ruftaste! Die sollen es noch mal probieren.«

Fink nickte und beugte sich wieder zur Sprechanlage vor. Doch bevor er hineinsprechen konnte, räusperte sich jemand hinter ihnen.

Paul fuhr von Panik erfüllt herum. Ihm gegenüber stand der Mann, den er aus der Klinik hatte kommen sehen. Um die fünfzig, grimmiges Gesicht. Man sah ihm an, dass er sich den Weg hierher gern erspart hätte.

»Zickt das Tor mal wieder?«, fragte er Hannes Fink.

Dieser nickte wortlos.

Daraufhin nahm der Mann eine Taschenlampe aus seinem Koffer und leuchtete den Boden ab. »Sie haben's wohl schon selbst probiert, was?« Auch er trat nun gegen eine der Rollen. »Die Mistdinger frieren ein. Dann hat der Motor keine Chance. Viel zu schwach auf der Brust, um sie wieder freizukriegen.«

Ganz still und Böses ahnend beobachtete Paul, wie der Hausmeister anschließend an den Gittern rüttelte und dann selbst in die Sprechanlage redete: »Gitti! Drück noch mal auf den Knopf. Wenn es jetzt nicht funktioniert, haben wir ein paar Übernachtungsgäste mehr.«

Bloß das nicht!, durchfuhr es Paul. Er wartete gebannt darauf, was als Nächstes passieren würde.

Tatsächlich summte kurz darauf ein Elektromotor auf. Ein Zittern fuhr durch die Gitter. Dann setzte sich das Tor in Bewegung, beide Flügel schwangen langsam auf.

»Danke!«, rief der Pfarrer.

Auch Paul war erleichtert. Doch noch war es nicht ausgestanden. Misstrauisch beobachtete er den Hausmeister dabei, wie dieser in den Fond von Finks Wagen leuchtete. Warum tat er das? Gehörte das zu seiner Routine? Oder hatten sie seinen Argwohn erregt?

Der Hausmeister schien zufrieden und ging jetzt zu dem dahinter stehenden Caddy weiter. Auch für dessen Innenraum schien er sich zu interessieren und richtete den Lichtkegel der Taschenlampe darauf.

Paul musste dazwischengehen!

»Schönen Dank, auch von mir!«, sagte er laut und versuchte sich zwischen dem Caddy und dem Hausmeister zu positionieren. »Wir fahren los, ehe wir doch noch eingeschneit werden.«

Der Hausmeister dachte aber gar nicht daran, sich von Paul aufhalten zu lassen. In seiner Funktion glaubte er wohl, sich das Recht herausnehmen zu können, auch den Kontrolleur zu geben. Oder aber Dr. Herzog hatte ihn dazu angewiesen, kam es Paul in den Sinn.

Trotz mehrerer Tänzelschritte gelang es ihm nicht, den Hausmeister von seinem Auto fernzuhalten. Der Mann stellte sich neben die Fahrertür und leuchtete hinein. Seine Lampe erhellte Steuerrad und Instrumente. Dann tauchten die vorderen Sitze im Schein der Leuchte auf.

Paul rutschte das Herz in die Hose, als das Licht auf die hinteren Plätze fiel. Die Rückbank war jetzt deutlich zu erkennen. Die Strahlen reichten sogar bis in den Fußraum. Keine Chance, sich hier noch zu verstecken!

Kurz darauf knipste der Hausmeister die Taschenlampe aus. Er wandte sich Paul zu, sah ihn missgelaunt an und fragte: »Sie gehören zum Küchenteam?«

Paul versagte fast die Stimme: »J... Ja.«

Daraufhin setzte der Hausmeister ihm seinen Zeigefinger auf die Brust. »Dann richten Sie Ihrem Chef aus, dass sie versalzen war.«

»W... wer?«

»Die Gans. Viel zu viel Salz dran.«

Ohne ein weiteres Wort drehte er sich um und ging zurück zur Klinik. Er hinterließ eine Spur tiefer Fußabdrücke im Schnee.

Hannes Fink war aus seinem Mercedes ausgestiegen. Mit sorgenvoller Miene kam er auf Paul zu, der wie angewurzelt vor dem Caddy stand.

»Warum ist er einfach gegangen?«, fragte der Pfarrer. »Weshalb hat er nicht Alarm geschlagen?«

»Aus dem einfachen Grund, weil es keinen Anlass dafür gab«, antwortete Paul, der sich fragte, ob er allmählich durchdrehte.

Fink hatte ihn inzwischen erreicht. Nach einem Blick auf die Rückbank wusste er, wovon Paul redete. »Sanders ist ...«, setzte er an.

»Weg!«, brachte Paul den Satz zu Ende. »Verschwunden. Abgehauen, wahrscheinlich auf dem Weg zurück zur Klinik.«

»Du meine Güte.« Fink war am Ende seiner Weisheit angelangt.

Gleichzeitig schallte eine blecherne Stimme durch die Sprechanlage: »Sind Sie noch da? Wir werden das Tor gleich wieder schließen.«

21

Beide sahen sich Rat suchend an. Wieder war es Paul, der die Initiative ergriff.

»Geh schnell zum Tor. Sprich mit dieser Gitti und halte sie hin!«

»Wie denn?«

»Sag ihr meinetwegen, dass dein Motor nicht anspringt.«

»Dann schickt sie bloß wieder den Hausmeister.«

»Das Risiko müssen wir eingehen. Oder denk dir etwas anderes aus.«

»Und du?«

»Ich suche Sanders. Weit kann er noch nicht gekommen sein, er ist alt und nicht mehr besonders gut zu Fuß. Außerdem trägt er bloß Pantoffeln.«

Paul wartete nicht ab, bis Fink an der Sprechanlage stand, sondern wollte gleich loslaufen. Doch in welche Richtung?

Er suchte den Boden nach Spuren ab, aber im Gewimmel der Abdrücke, die Hannes Fink, der Hausmeister und er selbst hinterlassen hatten, konnte er die von Sanders nicht herauslesen. Außerdem wurde jeder Tritt binnen kürzester Zeit mit Neuschnee bedeckt. Also musste er aufs Geratewohl vorgehen.

Ohne festen Plan nahm er sich zuerst die Freifläche entlang der Mauer auf seiner Linken vor. Er umrundete Büsche und steinerne Skulpturen, auf deren Häuptern sich der Schnee wie glitzernde Mützen abgelegt hatte. Es folgte eine Felsformation, die im Sommer wahrscheinlich einen schmucken Steingarten abgab. Als mögliches Versteck

identifizierte Paul auch eine Gruppe von Tannen, etwa fünf-
zehn Meter von ihm entfernt. Bevor er sie ins Visier nahm,
schaute er sich nach Fink um. Der stand an der Torausfahrt
und war am Verhandeln. Hoffentlich konnte er noch ein
wenig Zeit herausschlagen, dachte Paul.

Die Tannen erwiesen sich ebenso als Fehlanzeige wie ein
kleiner Geräteschuppen, auf den er kurz danach aufmerksam wurde.

Weiter!, trieb sich Paul an. Jetzt aufzugeben kam für ihn
nicht infrage. Nicht, nachdem sie schon so viele Hürden
überwunden hatten. Er überlegte, in welche Richtung Sanders am wahrscheinlichsten gegangen sein könnte. Während er sich im Kreis drehte und sich umsah, wurde seine
Aufmerksamkeit unwillkürlich auf die Klinik gelenkt, durch
deren Fenster Licht in den Park drang. Vieles sprach dafür,
dass sich Sanders von diesem Anblick angezogen gefühlt
hatte. Hatte er nicht gesagt, dass er zurück in seine Unter-
kunft wollte?

Ein Gedanke, der ihm ganz und gar nicht behagte. Doch
ihm blieb keine Wahl.

In geduckter Haltung und jedes Hindernis als Deckung
nutzend eilte er durch die weitläufige Gartenanlage, immer
wieder nach Sanders Ausschau haltend.

Würde er ihn rechtzeitig finden? Angesichts der Dunkelheit eine schier unlösbare Aufgabe. Zwar reflektierte der
Schein der raren Lichtquellen, viel erkennen konnte Paul
aber trotzdem nicht. Und obwohl sich Paul der Klinik inzwischen viel weiter genähert hatte, als es für ihn gut sein
konnte, fand sich kein Hinweis auf Sanders' Verbleib.

Er war nahe dran, die Aktion doch noch abzubrechen, als
er eher zufällig einen Fetzen aus dem Schnee ragen sah. Er
bückte sich, zog daran und hielt ein weinrotes Stück Stoff

in der Hand. Ein altmodisches Einstecktuch, wie er jetzt erkannte. Hatte Sanders nicht so eines getragen?

Paul schöpfte neuen Mut. In gebückter Haltung ging er weiter und suchte den Boden nach weiteren Indizien ab. Tatsächlich meinte er kurz darauf Vertiefungen in der Schneedecke entdeckt zu haben. Das konnten frische Fußabdrücke sein, die noch nicht vollends im Neuschnee versunken waren.

Zügig und mit wenig Rücksicht auf seine Tarnung setzte Paul seinen Weg fort, folgte der dünnen Fährte und gelangte bis zu einer Baumgruppe, nur einen Katzensprung vom Hauptportal der Klinik entfernt.

Und dort stand er! Oskar Sanders lehnte an einem der Bäume und schien unschlüssig zu sein, ob er weitergehen oder umkehren sollte.

Paul spürte, wie das Adrenalin durch seine Adern schoss. Er musste handeln. Sofort! Schnellen Schrittes eilte er auf Sanders zu. Der war dermaßen überrascht von Pauls Auftauchen, dass er zwar den Mund öffnete, aber kein Wort herausbekam. Paul nutzte seine Verwunderung, legte den Arm um Sanders' Schulter und führte ihn in den Schatten der Bäume. Ohne Fragen zu stellen oder Erklärungen abzuliefern, dirigierte er den alten Mann quer durch den Park.

22

Das war knapp! Kaum hatte die kleine Kolonne aus Hannes Finks Mercedes und Pauls Caddy die Tordurchfahrt passiert, schlossen sich die meterhohen Gittertore hinter ihnen.

Paul spürte, wie ihm der Schweiß von der Stirn tropfte. Er war mit seinen Nerven am Ende, doch die aufwühlende Kamikaze-Aktion, die hinter ihm lag, hatte sich gelohnt: Hinter ihm auf der Rückbank saß Oskar Sanders, mehr oder weniger wohlauf und gerettet aus dem als Klinik getarnten Gefängnis.

Während Paul den Wagen über die schmalen, kurvigen Straßen lenkte, war er von Stolz erfüllt. Er war erfolgreich gegen Sanders' unrechtmäßigen Freiheitsentzug vorgegangen – eine gute Tat, für die er sich später sicherlich viel Lob abholen konnte. Auch Stella würde stolz auf ihn sein. Sehr sogar.

Das freute ihn, denn was könnte es Schöneres für sie geben, als zu wissen, dass sie das Weihnachtsfest gemeinsam mit ihrem geliebten Vater feiern durfte – dank Pauls Hilfe.

Die beiden Wagen kamen trotz der anhaltenden Schneefälle gut voran. Bald erreichten sie die Autobahn, auf der sich Hannes Finks Mercedes schnell entfernte. Paul ließ kurz die Lichthupe aufleuchten, um sich bei ihm für die Unterstützung zu bedanken.

Mit angemessener Geschwindigkeit setzte er die Fahrt fort. Inzwischen war die Distanz zur Klinik groß genug, um sich nicht mehr vor etwaigen Verfolgern fürchten zu müssen. Als er sich wieder nach seinem Begleiter umschaute, sah er, dass Sanders schlief. Sein leises Schnarchen vermengte sich mit dem monotonen Brummen des Motors.

Es ging auf Mitternacht zu, als Paul am vereinbarten Treffpunkt eintraf: Stellas Wohnung im Nürnberger Stadtteil Schniegling. Die Wohnstraße lag still und friedlich vor ihm. Nirgends brannte mehr Licht, die Leute hatten sich längst schlafen gelegt. Doch kaum drückte Paul einmal kurz auf die Hupe, wurde die Tür von Stellas Doppelhaushälfte aufgerissen, und Sanders' Tochter stürmte nach draußen.

»Ist alles gut gegangen?«, fragte sie. »Wie geht es ihm?«

»Alles okay«, sagte Paul und half Stella, ihren Vater aufzurichten.

Dieser schien noch nicht begriffen zu haben, dass ihre abenteuerliche Flucht ein Ende gefunden hatte. Zwar erkannte er seine Tochter und lächelte sie an, gleichzeitig aber wirkte er verwirrt. Mehr noch als vorhin im Park der Klinik.

»Er braucht dringend Ruhe.« Paul fasste Sanders an der Armbeuge, um ihn die Eingangstreppe hinaufzubegleiten. »Es wird eine Weile dauern, bis die Wirkung der Medikamente nachlässt.« Er nahm sein Smartphone zur Hand und tippte eine Nachricht ein. »Ich schreibe Blohfeld, dass das Interview erst morgen stattfinden kann.«

Stella schloss die Haustür, sobald sie im Flur standen. Gut so, dachte Paul, denn die Nachbarn sollten von dem nächtlichen Besuch nichts mitbekommen. Noch mussten sie ihr Geheimnis hüten. Zumindest so lange, bis Oskar Sanders so weit war, die Sache öffentlich zu machen und das Unrecht anzuprangern, das ihm widerfahren war. Paul hoffte, dass das schon sehr bald geschehen würde. Denn er hatte nicht vergessen, wer für Sanders' Einweisung in die Klinik verantwortlich war: mächtige Hintermänner, die sicherlich rasch handeln und sie aufspüren würden. Paul haderte damit, ob es wirklich eine gute Idee gewesen war, Sanders ausgerechnet im Haus seiner Tochter zu verstecken …

Stella begleitete ihren Vater bis ins Schlafzimmer, wo sie ein Bett für ihn gerichtet hatte. Paul beobachtete sie dabei, wie sie ihn behutsam zur Bettkante führte, das Laken zurückschlug und ihn sich hinsetzen ließ. Sie ging ihm zur Hand, als er versuchte, die Schuhe abzustreifen. Anschließend reichte sie ihm ein Glas Wasser, das er mit gierigen Schlucken austrank. Als sein Kopf schließlich auf dem Kissen ruhte, fielen ihm sofort die Augen zu, und er begann leise zu schnarchen.

Sie warteten eine Weile ab, dann verließen sie den Raum. Paul folgte Stella ins Wohnzimmer, wo sie auf einen gut bestückten Barwagen zuging. »Ich glaube, nach der ganzen Aufregung haben wir uns einen Drink verdient«, meinte sie. »Gin? Whisky?«

»Hast du auch ein Bier?«, fragte Paul und ließ sich auf ein Sofa fallen. Am liebsten hätte er sich neben Sanders ins Bett gelegt, denn er war todmüde.

»Na klar«, antwortete Stella und verschwand in der Küche. Kurz darauf kam sie mit einer Flasche mit Bügelverschluss zurück. Ein Landbier aus der Fränkischen Schweiz. Wie passend, fand Paul und ließ den Verschluss aufploppen.

Stella selbst schenkte sich einen Fingerbreit Gin ein, gab Tonic Water und ein paar Eiswürfel dazu und setzte sich zu Paul. »Danke!«, sagte sie glücklich. »Dass du das für mich getan hast, ist einfach großartig.«

»Gern geschehen«, tat Paul die Sache ab und merkte, wie allmählich die Anspannung von ihm abfiel.

»Wie geht es jetzt weiter?«, wollte Stella wissen.

»Genau wie wir es besprochen haben«, sagte Paul. »Gleich morgen früh wird Victor Blohfeld hier eintreffen. Bewaffnet mit Stift, Block und Kamera. Er wird die Geschichte deines Vaters exklusiv vorab in seiner Zeitung veröffentlichen und selbstverständlich auch online spielen. Natürlich werden sich danach auch alle anderen darum reißen und die Story groß bringen. Dann müssen sich die Verantwortlichen warm anziehen, inklusive Dr. Herzog und deiner Stiefmutter.«

»Und du fürchtest keine Konsequenzen für dich und deine Freunde, die dir geholfen haben?«

Paul winkte ab. »Das steht jetzt nicht an erster Stelle. Wichtig ist nur, dass wir die Nacht heil überstehen«, betonte er. »Wenn dein Vater morgen früh der Öffentlichkeit sein Patent vorstellt, den Akku der Zukunft, wird sich niemand mehr für unser kleines Befreiungsmanöver interessieren. Auch von denen, die hinter dem Ganzen stehen, dürften wir dann nichts mehr zu befürchten haben, denn das Licht der Öffentlichkeit ist immer noch der beste Schutz.«

Stella nickte lächelnd. »Das stimmt«, sagte sie und schöpfte Mut. Sie prostete Paul zu. »Auf dich, Paul!«

»Auf deinen Vater!«

Sie saßen noch zwei weitere Stunden beieinander. Draußen und im Haus blieb alles ruhig. Stella wirkte jetzt glücklich und entspannt. Alles hatte sich zum Guten gewendet, das sah man ihr an. »Am meisten freue ich mich darüber, dass Vater und ich gemeinsam Weihnachten feiern können«, sagte sie mit einem zufriedenen Lächeln.

»Ja, es gibt nichts Schöneres, als das Fest im Kreise der Familie zu verbringen«, bestätigte Paul.

»Hast du ein hübsches Geschenk für deine Frau besorgt?«

Paul, der dieses Thema angesichts der aufregenden letzten Stunden bis eben erfolgreich verdrängt hatte, war um eine Antwort nicht verlegen: »Ich habe lange darüber nachgedacht und Dutzende Geschäfte abgeklappert. Aber das, was ich wollte, kann man nicht von der Stange kaufen.«

»Der Herr hat Geschmack, was?«

»Für mich ist klar, dass es kein Null-acht-fünfzehn-Geschenk sein kann. Das passt nicht zu Katinka und auch nicht zu mir. Wo bliebe da die Originalität?«

»Ganz recht. Also? Ich bin echt neugierig.«

Paul baute eine dramaturgische Pause ein, bevor er verkündete: »Einen Gutschein.«

Stella sah ihn aus großen Augen an.

»Ein Gutschein über einen gemeinsamen Einkaufsbummel«, präzisierte er. »Kati darf selbst auswählen, was ihr gefällt. Hältst du das etwa für keine gute Idee ...?«

»Ach, Paul ...«

23

»Ist er fit?«

Victor Blohfeld, in einen knöchellangen Wintermantel gehüllt, stand um Punkt acht vor der Tür. Eigentlich eine unübliche Zeit für ihn, wie Paul wusste, denn der Boulevardreporter war ein Nachtmensch und tauchte in seiner Redaktion selten vor zehn Uhr auf.

»Ja«, sagte Paul siegesgewiss und ließ Blohfeld eintreten. »Sanders ist seit einer Stunde wach, hat geduscht und gefrühstückt. Der Schlaf hat ihm gutgetan: Er wirkt wie ein anderer Mensch.«

»Die Drogen sind also aus ihm raus?«

»Vollständig. Man kann sich ganz normal mit ihm unterhalten. Ein hochgebildeter und sehr liebenswürdiger Mensch.«

Blohfeld nickte zufrieden und legte den Mantel ab. »Dann lassen Sie uns zur Tat schreiten«, sagte er. »Wo sitzt mein Interviewpartner?«

»Im Arbeitszimmer. Er wartet bereits. Folgen Sie mir.«

Über eine Treppe gelangten sie ins Obergeschoss, wo Stella und ihr Vater am Schreibtisch eines geräumigen

Zimmers Platz genommen hatten, das von deckenhohen Bücherregalen dominiert wurde. Stella hatte mit dezent verteilter Weihnachtsdekoration dafür gesorgt, dass der Raum nicht allzu geschäftsmäßig wirkte.

Oskar Sanders selbst machte heute einen ausgesprochen aufgeräumten Eindruck. Er trug einen Anzug und darunter ein akkurat gebügeltes hellblaues Hemd. Sein Haar war ordentlich gescheitelt, das Kinn frisch rasiert.

Beide erhoben sich, um Blohfeld willkommen zu heißen. Der wollte sich nicht mit Begrüßungsfloskeln aufhalten, sondern zückte gleich seinen Kugelschreiber. »Sie wissen Bescheid?«, fragte er an Sanders gerichtet und schlug einen kleinen Block auf. »Ich brauche sämtliche Details von Ihnen. Die Geschichte muss absolut wasserdicht sein.«

»Die Fakten sind bekannt«, mischte sich Paul ein. »Herr Sanders wurde auf Basis eines falschen ärztlichen Befundes auf Drängen seiner zweiten Frau gegen seinen Willen in die Klinik eingeliefert. Dahinter stecken mächtige Wirtschaftskreise, die unter allen Umständen das Bekanntwerden von Sanders bahnbrechender Erfindung verhindern wollten.«

»Ja, ja«, sagte Blohfeld und schob Paul beiseite. »Das weiß ich ja alles. Jetzt geht es um die Erfindung selbst!« Er bot Sanders an, sich wieder zu setzen, und nahm ihm gegenüber Platz. »Herr Sanders«, begann er und rückte interessiert vor. »Ich bin neugierig. Schildern Sie unseren Lesern, worauf Sie bei Ihren Forschungen gestoßen sind. Worin liegt der geniale Kniff Ihrer Erfindung, vor dem sich die Multis so fürchten?«

Sanders hatte aufmerksam zugehört. Nun kräuselte er die Stirn und sagte: »Meine neueste Erfindung ...«

»Der Super-Akku«, half ihm seine Tochter auf die Sprünge. »Die Revolution in der Energiespeicherung.«

Sanders schaute zu ihr auf. »Akku? Eine Fehlentwicklung. Da bin ich längst drüber hinweg.«

»Wie bitte?«, fragte Blohfeld überrascht, und auch Paul konnte seine Verwunderung kaum verbergen.

»Der falsche Ansatz«, bekräftigte Sanders ungerührt. »Aber das ist unwesentlich. Denn inzwischen konnte ich einen Durchbruch auf einem anderen Gebiet erzielen.«

»Ein anderes Gebiet?«

»Ja, mir ist die Entwicklung eines neuartigen Impfstoffs gelungen, der mit einem Schlag sämtliche infektiöse Krankheiten der Welt heilen kann. Ein universeller Wirkstoff, der alles bisher Dagewesene in den Schatten stellt.«

Blohfeld ließ den Kugelschreiber sinken und sah Paul fragend an. Der konnte nur mit den Schultern zucken.

Sanders stand auf und umrundete den Schreibtisch. »Ich zeige es Ihnen.« Er zog eine Schublade nach der anderen auf. »Irgendwo muss ich meine Unterlagen doch haben.«

»Aber Vater!«, protestierte Stella. »Du warst von den Akkus überzeugt! Ein ganz großer Wurf, hast du gesagt. Außerdem ist das hier gar nicht dein Arbeitszimmer, du bist in meinem Haus.«

Sanders durchwühlte weiter den Schreibtisch. »Wo sind bloß die Unterlagen?«

»Dann war es also wieder nichts?«, fragte Stella enttäuscht. »Genau wie vorher bei deinem Sonnenwindkraftwerk und dem Überschallmotorboot ...«

»Meine Wunderpillen werden die Welt verändern«, ging Sanders über den Einwand seiner Tochter hinweg. Er bückte sich, um auch die unterste Schublade zu erreichen. »Meine Formeln liefern den Beweis.«

Blohfeld schob den Stuhl zurück und stand auf. Er steckte den Block weg und raunte Paul zu: »Ich geh mal wieder.«

»Aber ...«, war alles, was Paul dazu sagen konnte.

Der Reporter zwinkerte ihm zu. »Viel Spaß noch mit den beiden. Und: Frohe Weihnachten!«

24

Die Lebkuchentestrunde war erweitert worden: Neben Katinka, Hannah und Paul saßen nun auch Jan-Patrick und Pfarrer Fink am Tisch im Wohnzimmer der Familie Flemming-Blohm. Nur Victor Blohfeld hatte sich – trotz ausdrücklicher Aufforderung durch Katinka – um den Termin herumgedrückt.

Das Probieren der verschiedenen Varianten fand im Kerzenschein und weitgehend im Stillen statt. Die einzige Geräuschkulisse bot eine Playlist mit adventlichen Klängen und das Prasseln des Kaminfeuers. Über allem hing der würzig-süße Geruch von Glühwein.

Katinka blickte in die Runde, einen mit haselnussbrauner Glasur überzogenen Lebkuchen in der Hand. Sie blieb stumm, doch Paul konnte sehr wohl in ihren Augen lesen.

Und diese sagten: Ihr wisst sehr wohl, dass ich euch wieder einmal den Arsch gerettet habe! Dass ihr nur dank meiner Eingaben nicht hinter Schloss und Riegel sitzt! Und dass es das letzte, allerletzte Mal war, dass ich mich für dich, Paul, und deine Freunde so weit aus dem Fenster gelehnt habe!

Ja, Paul war sich seiner Schuld durchaus bewusst. Er hatte Mist gebaut, weil er sich ganz und gar auf die Worte einer verzweifelten Tochter verlassen hatte, die ihren kranken Vater aus einer vermeintlichen Gefahr retten wollte und in ihrer blinden Liebe zu ihm nicht erkannt hatte, wie es wirklich um seinen Seelenzustand bestellt war. Dabei hatte Paul sich und seine Vertrauten in eine schlimme Lage versetzt, die nur durch den Einfallsreichtum und das prompte Handeln seiner Frau hatte entschärft werden können: Noch am Morgen nach der nächtlichen Flucht hatten Stella und Paul auf Katinkas Initiative hin Oskar Sanders zurück in die Felsenwaldklinik chauffiert – mit der Erklärung, dass sich Sanders ohne Pauls Wissen auf der Rückbank des Cateringwagens verborgen habe und auf diese Weise unbemerkt vom Klinikgelände entwichen sei. Da Sanders nicht widersprach, sondern sich lammfromm zurück in sein Krankenzimmer führen ließ, zweifelte niemand die Plausibilität der Behauptung an. Den Ärger für das vorübergehende Abhandenkommen eines Patienten schrieb Klinikleiter Dr. Herzog daher nicht Paul, sondern seinen Pflegern zu.

Auch Stella hatte inzwischen eingesehen, dass ihr Vater in der Obhut der Felsenwaldklinik am besten aufgehoben war und dort die kompetente Hilfe bekam, auf die er angewiesen war. Erleichtert wurde ihr diese Erkenntnis durch die Zusage von Dr. Herzog, dass Oskar Sanders die Weihnachtstage zu Hause bei seiner Tochter verbringen durfte, unterstützt durch eine entsprechende Medikamentierung.

Also war alles noch mal gut gegangen, dachte Paul tief erleichtert und entschied sich für einen Lebkuchen mit schwarzer Bitterschokolade. Wie passend, fand er, denn einen bitteren Nachgeschmack würde diese Geschichte trotzdem hinterlassen.

Das Knacken, als Katinka ihre Kostprobe in der Mitte teilte, ließ ihn aufmerken. Auch die Blicke der anderen richteten sich jetzt auf sie.

»So wortkarg kenne ich euch gar nicht«, sagte sie mit scheinbar harmlos ruhiger Stimme. »Gibt es denn nichts, worüber man sich unterhalten könnte? Was sagt ihr zum Beispiel zur neuen Lichterkette draußen im Garten? Sieht sie nicht wunderschön und stimmungsvoll aus mit dem vielen Schnee drumherum?«

Paul nahm wahr, wie Jan-Patrick neben ihm hörbar schluckte. Auch Hannes Fink fühlte sich offenkundig nicht wohl – trotz der vier Lebkuchen, die er verdrückt hatte.

»Also gut, wenn niemand etwas sagen möchte ...« Katinka wies auf die vielen angebrochenen Packungen und Zellophanhüllen auf dem Tisch. »Ich bin der Meinung, wir sollten uns auf ein Unentschieden einigen. Es ist unmöglich, einen klaren Sieger zu küren, denn es gibt einfach zu viele gute Lebküchner in Nürnberg.«

»Da schließe ich mich an«, meldete sich Hannah zu Wort. »Damit wäre die Lebkuchenchallenge beendet. Und wo wir gerade dabei sind, Schlussstriche zu ziehen: So langsam könntest du damit aufhören, uns diese Geschichte mit Sanders nachzutragen. Das Thema hängt doch schon den ganzen Abend unausgesprochen im Raum. Wir haben alle unsere Lektion gelernt, und du kannst dich darauf verlassen, dass es nie wieder eine Bombe in der Weihnachtsgans geben wird. Zumindest keine, mit der wir zu tun haben.«

Katinka sah sie streng an. »Sprichst du für alle?«

»Ja, ich denke schon.«

Daraufhin nickte Jan-Patrick. Paul und Hannes Fink schlossen sich an.

»Wenn das so ist«, sagte Katinka und setzte ein leises Lächeln auf, »muss ich die Hoffnung auf ein friedvolles Weihnachtsfest wohl doch nicht begraben.«

»Nein, das musst du nicht«, bekräftigte Paul. »Wir feiern Weihnachten und lassen uns die Freude daran nicht nehmen. Auch wenn mir Stella nach wie vor leidtut – die Arme wird wohl noch eine ganze Weile daran zu knabbern haben, dass sie sich so sehr getäuscht hat. Aber sie arbeitet daran: Wie ich gehört habe, möchte sie sich mit ihrer Stiefmutter versöhnen. Weihnachten wollen sie zu dritt feiern – ich bin zuversichtlich, dass das klappt.«

Hannah rückte an ihre Mutter heran und drückte ihren Arm. »Ich freue mich schon auf Heiligabend. Machen wir es wie immer? Zuerst in Hannes' Gottesdienst in Sankt Sebald, dann schlemmen wir uns durch Jan-Patricks Küche im *Goldenen Ritter* und am Schluss Bescherung unterm Tannenbaum?« Zwinkernd fügte sie hinzu: »Bin schon gespannt auf dein Gesicht, wenn du mein Geschenk auspackst. Diesmal habe ich etwas ganz Besonderes für dich gefunden.«

Paul, bis eben überglücklich über den glimpflichen Ausgang der Geschichte, fuhr zusammen. Da war es plötzlich wieder, sein Problem. Eine Überraschung für Katinka – was sollte er ihr bloß schenken?

Jan-Patrick schien seine Gedanken lesen zu können, denn er neigte sich in seine Richtung und tuschelte ihm zu: »Du bist wohl immer noch nicht fündig geworden, was?«

Paul zuckte mit den Schultern.

»Es soll etwas Individuelles und Exklusives sein, richtig?«

»Richtig.« Paul beobachtete aus den Augenwinkeln, wie Katinka aufstand, um den Glühwein zu holen. »Hast du etwa eine Idee?«

Daraufhin hielt ihm Jan-Patrick einen der Lebkuchen hin: »Wie wäre es mit einer Eigenkreation? Du entwickelst und backst eine neue Sorte nur für Katinka. Wenn du magst, helfe ich dir dabei. Du darfst auch meine Küche nutzen.«

Paul sah ihn dankbar an. Katinkas eigene Lebkuchensorte – Weihnachten war gerettet!

Fränkische Weihnachtsgans à la »Goldener Ritter«
(4 Portionen)

Jan-Patrick kauft seine Ware nicht im Supermarkt, sondern frisch vom Hof, z. B. beim Gründlacher Bauernladen in Nürnberg oder beim Landgut Schloss Hemhofen (»Abokiste«). Alles steht und fällt mit der Qualität der Gans.

Tipp: Gänse ab 4 kg sind besonders vollfleischig.

Die Gans

Bauerngans · Salz · Pfeffer aus der Mühle · 2–3 Äpfel · 2–3 Zwiebeln · 1 Bund Beifuß · etwas Suppengemüse

Die Gans mit kaltem Wasser abwaschen und mit Küchenpapier trocken tupfen. Innen und außen mit Salz und frisch gemahlenem Pfeffer würzen. In die Gans die vom Kerngehäuse befreiten Äpfel, die geviertelten Zwiebeln und den Beifuß geben und mit Küchengarn zunähen oder mit Zahnstochern verschließen. Mit dem Rücken nach oben in einen großen Bräter legen, mit etwas Wasser oder Geflügelfond begießen und zugedeckt 1 Stunde im vorgeheizten Ofen bei ca. 220 Grad Ober-Unterhitze garen. Dann den Deckel abnehmen, die Gans auf ein Gitter legen – Bräter darunter, um den Saft aufzufangen. Unterhalb der Flügel und der Keulen in die Gans stechen, so kann das Fett ausbraten. Die Hitze auf 180 Grad reduzieren und weitere 2 Stunden braten, ca. alle 30 Minuten wenden, damit eine gleichmäßige Bräunung entsteht – am Schluss wieder mit dem Rücken nach oben –, und immer wieder mit Bratensaft übergießen. Falls der Rücken zu dunkel wird, mit Alufolie abdecken; wenn er nicht knusprig genug ist, kurz den Grill zuschalten.

Ca. 1 Stunde vor Ende der Garzeit das klein geschnittene, gewürfelte Suppengemüse in den Bräter geben.

Die Gans herausnehmen, tranchieren und warm stellen.

Tipp: Pro Kilo sollte man mit 1 Stunde Garzeit rechnen.

Die Sauce

weitere Zutaten:
Puderzucker · ¼ l kräftiger Rotwein · ¼ l Geflügelfond ·
1 EL Tomatenmark · evtl. 1 unbehandelte Orange

Das Suppengemüse mit dem Fleischfond aufkochen und anschließend mit dem Pürierstab zerkleinern. In einem Edelstahltopf Puderzucker (der Topfboden sollte damit bedeckt sein) karamellisieren lassen. Vorsicht!, der Zucker darf nicht dunkel werden. Mit dem Wein ablöschen und die Sauce, den Geflügelfond und das Tomatenmark zugeben. Danach die gut warme Sauce entfetten. Das gelingt mit Haushaltstüchern, die wiederholt auf die Sauce gelegt und immer wieder gewechselt werden, bis sich keine gelben Fettreste daran finden. Erst ganz zum Schluss mit Salz und Pfeffer aus der Mühle abschmecken und – falls man es etwas fruchtiger mag – noch kurz vor dem Servieren die abgeriebene Schale einer unbehandelten Orange dazugeben.

Der Selleriesalat (gehört in Franken zur Gans dazu)

1 Sellerieknolle · 1 mittelgroße Zwiebel · weißer Balsamico-Essig · neutrales Öl · Salz · frisch gemahlener Pfeffer · 1–2 EL Zucker

Sellerieknolle in Salzwasser bissfest kochen; etwas abkühlen lassen, schälen und in mundgerechte Scheiben schneiden. Danach die noch warmen Selleriestücke zu einer Vinaigrette geben, die aus einer in Würfel geschnittenen Zwiebel, Essig, Öl (Verhältnis 1:2), Salz, Pfeffer und Zucker zubereitet ist. Einige Stunden oder über Nacht durchziehen lassen.

Das Blaukraut

1 Kopf Blaukraut (mittlere Größe) · je 1 TL Salz, Zucker · 3 EL Butterschmalz · 1 leicht säuerlicher Apfel · etwas Gemüsebrühe ·
5 Kardamomkerne · 3 Gewürznelken · ½ TL schwarze Pfefferkörner ·
½ Zimtstange · 1 längs halbierte Vanillestange · 4 Scheiben geschälter
frischer Ingwer · 1 Lorbeerblatt · 1 EL milder Balsamico-Essig

Das Blaukraut in feine Streifen schneiden, mit Salz und Zucker in
einer Schüssel mischen und ca. 15 Minuten durchziehen lassen.
Danach in Butterschmalz andünsten. Wenn es etwas zusammen-
gefallen ist, den geschälten und in Scheiben geschnittenen Apfel
darauflegen und mit etwas Gemüsebrühe angießen. Die Gewürze in ein Baumwollsäckchen oder in einen Teefilterbeutel füllen,
verschließen und mit dem Lorbeerblatt nach ca. 30 Minuten dazugeben. Das Blaukraut darf nicht kochen und sollte immer wieder umgerührt werden, bis es fertig gedünstet ist. Am Ende der
Garzeit das Gewürzsäckchen und das Lorbeerblatt entfernen, den
Balsamico-Essig dazugeben und abschmecken.

Die Klöße

Jan-Patrick empfiehlt dazu fertigen Nürnberger Kloßteig. Den
gibt es von verschiedenen Herstellern, und er schmeckt so gut wie
Selbstgemachter!

Wenn man ein Brötchen in kleine Würfel schneidet, diese in der
Pfanne mit etwas Butter anröstet und dann jeweils einige Bröck-
chen in die Mitte der Klöße gibt, haben sie den besonderen Pfiff.